KB155124

심장이 쿵

심장이 쿵!

초판 1쇄 인쇄_ 2017년 7월 17일 | 초판 1쇄 발행_ 2017년 7월 24일
지은이_슬아참책만세 | 엮은이_구관순·이미경 | 펴낸이_오광수 외 1인 | 펴낸곳_꿈과희망
디자인·편집_김창숙, 박희진 | 마케팅_김진용
주소_서울시 용산구 백범로90길 74, 대우이안 오피스텔 103동 1005호
전화_02)2681-2832 | 팩스_02)943-0935 | 출판등록_제2016-000036호
e-mail_ jinsungok@empal.com
ISBN_979-11-6186-000-8 43810
※ 책 값은 뒤표지에 있습니다.
※ 새론북스는 도서출판 꿈과희망의 계열사입니다.

대한민국 책쓰기와 사랑에 빠지다

생각의 틈새를
책으로 메워나간 우리들의 이야기!

심장이 쿵

슬아참책만세 지음 | 구관순, 이미경 엮음

독서생각노트!

꿈과희망

우리 동아리 이름은 '슬아참책만세'이다. '슬기롭고 아름답고 참된 사람끼리 책으로 만나는 세상'의 줄임말이다.
2016년의 학생독서책쓰기동아리활동은 인디고 서원에서 공부를 하면서 2015년 '네버엔딩 피스 앤 러브' 캠페인에 동참했던 친구 1명이 책 속에서 찾아낸 문구에서 시작되었다.

> 마음의 인상을 계산하여 받아들이고, 열렬하기는커녕 그저 뜨뜻미지근한 정도로만 사랑하며, 정확하긴 하되 나이에 비해 너무도 논리적인, 그렇기 때문에 값싼 그런 청년이라면, 단언컨대 틀림없이 나의 청년에게 일어난 일을 피할 수 있을 테지만, 어떤 경우에는 비록 비이성적으로 보일지라도 '크나큰 사랑에서 우러나오는 열광'에 몰두하는 것이 아예 그렇지 않는 편보다 훨씬 높이 살 만하다. 청년 시절에는 특히 더 그러한데, 왜냐하면 일관되게 논리적이어서 핑계나 대는 그런 청년은 희망이 별로 없으며, 그것은 싸구려 인생이기 때문이다.
>
> - 도스토예프스키, 「카라마조프가의 형제들」 중에서 -

우리들의 피를 뜨겁게 달군 이 문구가 우리들을 꿈꾸게 하고 또 고민하게 만들었다. 우리는 어느 방향으로 움직일 것인가. 이 뜨거운 울림으로 우리 동아리는 올해 '학생독서책쓰기'라는 새로운 영역에 도전해 보고자 했다.

그. 러. 나.

세상을 바라보는 정직한 시선을 가진 우리들은 책을 좋아하고 세상을 관심 있게 지켜보고 싶어 한다. 그러나 세상은 넓고 우리가 모르는 것들이 아주. 아주. 많.아.서. 무엇을 어떻게 해야 할지 몰랐다. 그래서 우리는 책에서 그 답을 찾을 수밖에 없었다.
'심장이 쿵!' 독서생각노트는 그 모르는 부분만큼의 틈새를 책으로 메워나간 우리들의 이야기이다.

2016년 11월

지도교사 구관순·이미경

차례

심장이 쿵!

김나연

키티

이름 : 김나연

나이 : 16

학교 : 재송여자중학교

반 : 6

혈액형 : A형

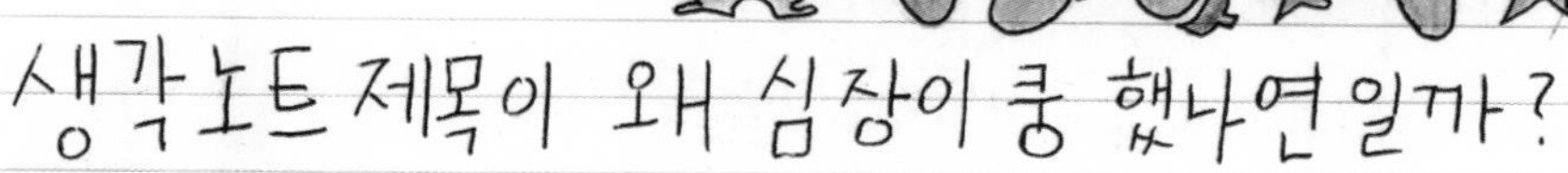

생각노트 제목이 왜 심장이 쿵 했나연일까?

심장이 쿵! 이라는 생각노트의 주제와
나의 이름인 나연을 합쳐 심장이 쿵 했나연? 이라는 제목을 지었다.
어법상 맞지 않는 표현이지만 개성있는 제목일 것 같다
라는 생각에 이렇게 제목을 짓게 되었다.

생각노트 이름이 왜 키티일까?

안네의 일기의 안네 일기장 이름도 키티이지만
나의 생각노트 이름도 키티이다.
이유는 내가 가장 좋아하는 케릭터 중 하나가 키티인데 가장
좋아하는 케릭터를 생각노트 이름으로 지으면 더 애착이 가지
않을까? 라는 생각에 키티로 짓게 되었다.

0.1

꽃을 보듯 너를 본다

— 나태주

✿ 인상적인 구절

좋아요 좋다고 하니깐 나도 좋다.

전체 꽃들에게 한꺼번에 인사를 해서는 안된다

꽃송이 하나하나에게 눈을 맞추며 꽃들아 안녕! 안녕!

떠나야 할 때를 안다는 것은 슬픈일이다

자세히 보아야 예쁘다 오래 보아야 사랑스럽다 너도 그렇다.

햇빛이 너무 좋아 혼자 왔다 혼자 돌아갑니다.

예뻐서가 아니다 잘나서가 아니다 많은것을 가져서도 아니다 다만 너이기 때문에

오래오래 살면서 부디 나 잊지 말아다오.

세상에 와서 내가 하는 말 가운데서 가장 고운말을 너에게 들려주고 싶다.

말을 아껴야지 눈물을 아껴야지

한밤중에 까닭없이 잠이 깨었다 우연히 방안의 화분에 눈길이 갔다

바짝 말라 있는 화분 어, 너였구나 네가 목이 말라 나를 깨웠구나

너무 멀리까지는 가지 말아라 사랑아 모습 보이는 곳까지만 목소리 들리는 곳까지만 가거라

돌아오는 길 잊을까 걱정이다 사랑아.

묘비명 많이 보고 싶겠지만 조금만 참자.

아이한테 물었다. 이담에 나 죽으면 찾아와 울어줄 거지?

대답대신 아이는 눈물 고인 두 눈을 보여주었다.

이제 지구 전체가 그대 몸이고 맘이다.

❀나의 생각

도서관에서 책을 고르다 책 제목이 너무 예뻐서 보게 되었다.
풀꽃이라는 시로 나태주시인을 알게되었는데 그분의 시집이니 다른 시도
읽어보고 싶어서 책을 빌려읽게 되었다. 여러 시들이 모두 하나를 뽑을 수 없을
만큼 표현들이 아름다웠던 것 같다. 그 중에서 인상 깊었던 시는
'묘비명'인 것 같다. 많이보고 싶겠지만 조금만 참자. 짧고 간단한 시인데
감동을 주는 것 같다. 또, '꽃그늘'이라는 시가 마음에 와 닿았다.
아이한테 물었다 이담에 나 죽으면 찾아와 울어줄 거지?
대답대신 아이는 눈물 고인 두 눈을 보여주었다. 라는 내용의 시인데
꽃그늘이라는 제목도 아름다운 표현인 것 같다는 생각이 들었다.
나태주시인은 사랑에 관한 시만 있는 줄 알았는데 죽음에 관한 시도
있어서 색다르게 느껴진 것 같다. 이렇게 시집을 다 읽으니
뿌듯한 마음을 감출 수 없었다. 평소, 시집은 별로 좋아하지 않아
잘 읽지 않았다. 왜냐하면 짧아서 내용이 충분하지 않다는 생각이
들었고 소설처럼 내용이 이어지지 않기 때문이였다. 하지만 이 시집을
읽고 나서는 생각이 달라졌다. 시라는 것은 간결한데 강한 인상과 여운을
남길 수 있다는 것을 확실히 알았다. 한줄이나 제목만으로도 정말
와닿는 시가 많기 때문에 시는 대단한 것이다 라는 생각이 들었다.
이계기로 나는 시를 좋아하게 될 것 같다. 가끔은 다른 시도 찾아 읽어
봐야지. 라는 결심도 했다. '꽃을 보듯 너를 본다'라는 시를
다른 친구들에게도 추천해주고 싶다. 앞으로 친구를 볼때는 꽃을 보듯 너를 본다.

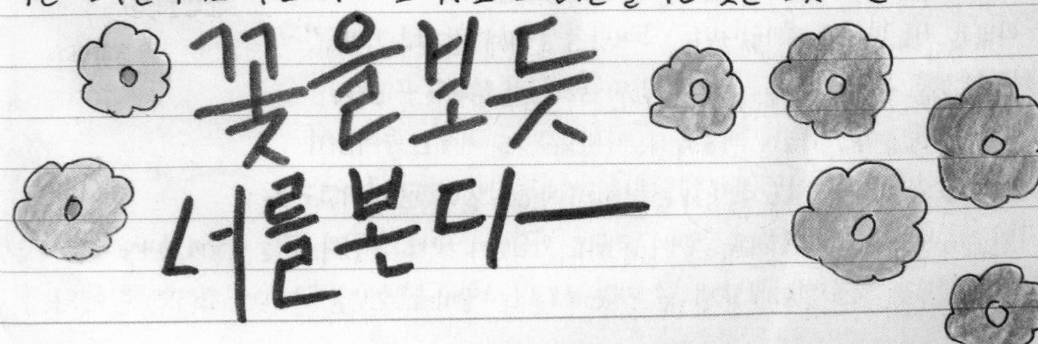

02

잘자, 코코

―글: 정미진, 그림: 안녕달

❀인상적인 구절

'마지막'이라는 단어는 참 이상하지. 괜히 없던 용기가 솟기도 하거든.
양 문짝이 날개처럼 퍼덕이며 하늘을 날았지.
옷장을 타고 까만 하늘을 날아. 머리카락 사이로 시원한 어둠이 갈라져.
손가락 틈으로 부드러운 바람이 지나가. 멀리 별이 새어 나오고 있는 구름이 보였어.
가만히 듣고 있으면 코끝이 간지러워 재채기가 날 것 같은 멜로디였어.
어른이 되니 노는 법을 잊어 버렸어.
놀 수 있는 시간도 부족하고 더러워지면 안 되는 옷들이 많고
큰 소리로 노래 부르기엔 부끄러우니까.
넌 어때. 최근에 신나게 놀아 본 적 있어?
그곳에선 어두운 밤도 더 이상 무섭지 않았어.
"아빠! 아빠도 자는 게 좋은 거지?!"
"아니, 아빠는 잠드는게 무서워…."
"아빠한테 시간이 없다고?"
요즘은 밥을 먹어도 배가 고파. 가끔 먹을수록 허기질 때가 있어.
함께 먹을 사람이 없어서일까…. 너는 밥 잘 먹고 다녀야 해. 알았지?
가장 빛나는 별이 바로 '시간'이라고 했어.
"내가 너무 늦게 와서 아빠가 시간을 다 써버린 걸까…?"
"아빠가 자는게 정말 무서웠나봐. 그래서 옷장에서 잠드신 거야."
여전히 잠을 못자. 전화를 끊고 나면 어린 시절의 엄마가 떠올라.
얼마나 무서웠을까. 뒤늦게 깨달았어. 아빠가 떠날 거라는 두려움에
화내는 것 외에 할 수있는 일이 없을 만큼, 엄마는 정말 약한 존재였구나
아빠. 지금 나는 정말 행복해요. 그래서 두려워요. 이순간이 지나고 난 뒤의 시간을 어떻게 보내야 하는 거죠
놀 때는 신나게 먹을 때는 맛있게 잘 때는 코오코오 그렇게 순간순간을 소중하게 그러면 된단다.

순간순간을
소중하게

※ 나의 생각

책 표지도 너무 아기자기한 그림으로 읽고 싶게 만든 책이다.
어른이 된 주인공의 이야기이다. 이 주인공이 어릴때를 생각하며
하는 이야기이다. 어린시절의 주인공은 밤을 무서워했다.
그래서 아빠가 작은 등을 켜주고 커다란 옷장에서 자는 것을 좋아했다.
커다란 옷장을 코코라고 부른다. 코코에서 자면 주인공은 여행을 하게된다.
코코와 함께 밤마다 여행을 떠나고 주인공은 행복해한다.
어느날 아빠에게 시간이 필요하다는 것을 알고, 코코와 함께 시간을 찾으러
떠나고 갔다온 주인공은 옷장에서 잠든 아빠를 보고 아빠가 자는게 무서웠나봐
라고 말을 했다. 주인공은 혹시 내가 너무 늦게 와서 아빠가 시간을 다
써버린걸까?라고 걱정한다. 이런 주인공의 어린시절이다.
주인공의 아빠는 회사를 그만두고 엄마가 매일 화를 내는 이유가 아빠가 회사를
가지 않아서라 생각한다. 다 큰 주인공은 아빠가 떠날 거라는 두려움에
화내는 것 외에 할 수있는 일이 없을 만큼 엄마는 정말 약한 존재구나라고
생각한다. 이 말이 너무 슬프게 와닿은 것 같다. 이렇게 귀엽고 예쁜 그림책
같이 보이는 이 책의 내용은 마음이 찡해지는 느낌이 들 것같은 책이다.
책을 읽는 내내 책에서 눈을 뗄 수가 없었다.
아빠를 위한 주인공의 마음이 순수해서 더 슬프게 느껴진게 아닐까 라고 생각이들었다.
이 책에는 말 한마디 한마디가 따뜻하다. 힘들다면 이 책을 읽으면서
위로를 얻을 수 있지 않을까? 먹을 때는 맛있게 잘 때는 코오코오
그렇게 순간순간을 소중하게 그러면 된단다. 모든 순간을 소중하게 만들어준 책.

03

금요일엔 돌아오렴 – 416 세월호참사 시민기록위원회 작가기록단 씀

인상적인 구절

나, 백살까지 살려구요 아무래도 오늘은 울어야겠어
거인이 되어 배를 끌어올리는 상상을 해요 동생은 죽었는데 나는 왜 공부 생각만 하지?
4월 바다가 그렇게 차가운지 몰랐어요
책임자는 나타나지 않았다. 허락도 구하지 않고 카메라를 들이대는 언론과,
주위를 어슬렁거리며 가족들의 이야기를 엿듣는 정보경찰은 있었으나,
아무도 상황에 대한 정보를 가족들에게 전하지 않았다.
침몰의 원인을 되짚기 위한 항적도도 완성되지 않았고,
고요하게도 침몰 시점에 즈음해 멎은 각종 기록장치들은 여전히 입을 다물고 있다.
이제 밝혀야 할 진실도 물어야 할 책임도 더는 없는 듯 세상이 굴러간다.
그러나 4월 16일은 떠나온 과거가 아니다.
시간은 흘러가다가도 다시 그날로 붙들려 간다.
하늘이 통곡하는 듯했어
만약에 무슨 일이 생기면 운명이라고 믿으세요.
이 그리움을 잊지 않고 싶은 친구 예요.
엄마없는 세상을 살아갈 딸을 걱정했는데 딸을 먼저 보냈어요
아직 밝혀진 진실은 2퍼센트도 안 돼
첫 마음을 잃지 않아야 침몰하지 않습니다
세월호는 전부 '왜'라는 물음에서 시작해서 '왜'라는 물음으로 끝납니다
그들을 위해, 우리를 위해, 천만개의 바람이 되어주세요.
꽃이 피어도, 낙엽이 져도, 고운 그들이 온 줄 알도록.
세상이 절망적일수록 우리는 늘 새롭게 시작할 것이다
진도에 빈 자리가 많아지니 더 못 떠나겠더라고요
다른 아이들을 볼 수있게 된 시간에 감사하며, 서로 부둥켜안고 살아갈 시간을 바라며

❀ 나의 생각

제목만으로도 눈물이 앞을 가리는 책. 4월16일 세월호 참사에 대한 글이다.
가족들이 써서 더 사실적이고 더 슬프게 느껴졌다.
평소 착했던 딸과 아들을 떠나보낸 부모님들의 마음이 간절하게 느껴진 것 같다.
기억에 남는 글들이 있는데 고3인 언니가 동생은 죽었는데 나는 왜 공부
생각만 하지?라는 말이 안타까웠다. 평소 말 못할 고민도 동생에게
말하고 언니같은 동생을 떠나보내서 힘들다했던 이야기도 생각이 나고
수학여행을 가기 싫어 했는데 수학여행가기 전날에 만약에 무슨 일이
생기면 운명이라고 믿으세요 라고 말한 것이 인상에 깊었다.
나는 세월호 사건 이후로 수학여행 못가면 어쩌지? 수련회 못가면 어쩌지?
라는 나쁜 생각만한 것 같아 너무 죄송스럽고 부끄러웠다.
어떻게 내 생각만 했을까? 라고 생각하며 반성했다.
이 책 한 부분, 부분을 읽을 때마다 눈물이 났다.
가족 분들의 마음을 모두 헤아릴 수는 없겠지만 조금이라도 위로해드리고 싶었다.
세월호는 전부 '왜'라는 물음에서 '왜'라는 물음으로 끝난다고 했는데
우리가 관심을 가지고 잊지 않는다면 왜라는 물음으로 끝날지 않을 것
같다. 세월호 참사 잊지 않겠습니다.

04

그래도 괜찮은 하루 — 구작가

인상적인 구절

다시 태어날 수 있다면 엄마의 엄마로 태어나고 싶어요

지루하고 힘겨웠던 시간이 이제는 추억이 되었네요

늘 잿빛 같았던 세상이 서서히 분홍빛이 되었어요 (P.47)

날카로운 가시밭 속에서 헤매고 있는 것 같았어요. 혼자만 헤매는 것 같았어요 (P.49)

이 아이에게 희망을 줄 수 있구나.. 내 작은 그림이.. (P.74)

그 눈이 제 마음을 차곡차곡 채우기 시작했어요. (P.82)

눈이 보일 때 할 수 있는 걸, 그리고 하고 싶은 걸 모두 해보자. (P.85)

마법 같았어요 허름한 신데렐라를 아름다운 공주로 바꿔준 요정 할머니처럼요. (P.95)

1분이 한 시간 같고, 한 시간이 하루 같았어요 (P.102)

소리도, 빛도 없어도 온전히 모든 감각으로 느껴보라고 (P.122)

너의 뒷모습을 보고나서 입술을 깨물었어. (P.131)

눈물이 나올 것 같아서. 딱 하나면 돼요.

저도 이제 하트를 하나만 놓고 싶어요 (P.135)

언제나 예쁘게 보이고 싶어요. (P.143) (P.147)

어쩌면 제게는 마지막 기회일지도 모르니까요.

모든 빛이 사라지기 전에 꼭 한 번 보고싶어요. (P.150)

오늘, 눈부신 아침을 볼 수 있어서 정말 다행이에요. (P.175)

어딘가에 내 짝도 있을지 몰라! 정말 있을지도 몰라. 날 혼자 두지 말아요 (P.17

우리 가족을 지켜주세요. 그저 그것뿐이에요. (P.184)

서로가 서로를 안아주는 그 온기로 아주 작더라도 위로와 희망을 전하고 싶어요. (P.18

마음이 아픈 사람, 고민이 많은 사람 오세요. 안아드릴게요. (P.188)

아주 행복한 밤이었어요. 다시 시간을 되돌린 것만 같았어요. (P.203)

'말'은... 엄청나요. 그래서 사람들에게 희망이 되는 이야기를 나누고 싶어요. (P.25

3. 나의 생각
토끼가 많이 그려진 그림책 같다는 생각을 하고 읽게 되었다.
1 토끼의 이야기는 구작가의 실제 이야기다.
버킷리스트를 세워 하나하나 실천해가는 모습이 멋지다.
하고 싶은 걸 하며 찾아다니고 다른 사람에게 때론 희망을 줄 수 있는
모습이 멋졌다. 크게 다투고 절교한 친구와 그것도 10년전에
다시 풀고 싶다고 해서 만나고 다시 사이좋게 지내는 모습을 보면
용기도 대단하신 것 같았다. 그리고 눈이 언젠가 보이지 않을거라고
해서 헬렌켈러가 딱 3일만 눈이 보인다면 무엇을 할까라는
생각을 하며 실천해가는 모습이 가장 부러웠다. 나는 항상
내일로 미루는 습관을 가지고 있다. 내일이면 하겠지, 할 수있을거야
라는 생각을 한다. 그렇지만 그 내일이 되고 나면 걱정만하고
실천하지 않는 일이 많다. 내가 내일이 안보인다면이라 생각하고
오늘 할일은 최선을 다하자라는 다짐을 하게되었다.
그렇게 사소한거 하나하나에도 기뻐하고 감사해하며
남에게 배풀 수 있는 사람이 되면 좋겠다.
구 작가님도 힘드실텐데 이렇게 매일을 활기차게 살아가는 모습이
많은 사람들에게 도움이 될 것 같다. 희망이 없다고 생각하거나
우울한 사람들은 이책을 보며 용기를 얻어요. 오늘은 그래도 괜찮은 하루일거에요.

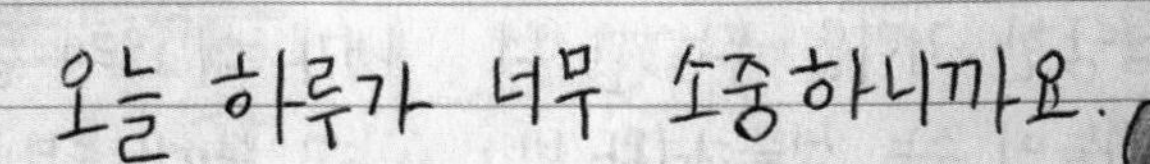

05

괜찮아 — 윤성기 · 최민수

✿ 인상적인 구절

새로운 만남을 두려워 하지 마요. 그대 가는 길, 혼자가 아니니까요.
그대를 향한 작은 마음이 내게 큰 위로가 되어 돌아와요.
너와 친숙하다는 건 가까이 있어도 괜찮다는 것! (P.27)
너의 작은 관심만으로도 나는 노래할수 있어, 포기하지 않을게! (P.38)
너의 작은 호기심이 언젠가 커다란 꿈이 되기를! (P.42)
세상은 의외로 많은 곳에 선물을 숨겨 놓고 있어. (P.46)
비온 뒤 갠 하늘만큼이나 해맑은 너의 미소가 나를 웃게 해. (P.50)
세상은 혼자가 아니어서 참 다행이다. (P.54)
내 곁에 있는 당신의 위로가 필요해
모두에게 좋은 하루라고 말해 주고 싶어. (P.58)
좋은 하루 보내세요
너와의 약속은 지키고 싶어. 참을 수가 없을것 같아서
널 믿지만 가끔은 혼란스러워. 괜찮아, 넌 혼자가 아니잖아. (P.62)
너에게 나를 준다는 건 별이 되어준다는 거야! (P.70)
너보다 더 좋은 피로 회복제는 없을 거야! 대화가 필요해, 오해해서 미안해 (P.73)
잠깐의 행복이라도 줄 수있다면 나 기꺼이 그대를 위해 노래할 테야. (P.98)
화려한 겉모습만큼이나 멋진 내면의 영혼이 함께하길 바래! (P.103)
적당한 거리를 두는 건 너와 내가 더 오래 갈 수있길 바라기 때문이야. (P.106)
하늘이 주는 선물 너와 반씩 나누고 싶어. 휠체어를 탄 모습이 이렇게 멋져 보일 수가 있다
하루하루 살아간다는게 익숙하지만 예측할 수는 없다. 그래서 오늘도 달린다. (P.110)
이 작은 노래가 그대의 일상에 크게 울려 퍼지길. (P.124)
어쩌면 노숙자의 하루도 우리의 하루와 똑같다. (P.132)
습관이란 건 생각보다 훨씬 더 많은 고마움을 잊고 살게 한다. (P.156)

✿나의 생각

2014년 8월 11일 부터 10월 24일까지 약 3개월동안 거리공연을 하면서의 이야기들을 담은 책이다.

이 책에는 한 부분마다 사람들에게 희망을 주는 말들이 나와있다. 비가 오고 사람들이 관심이 없으면 우울해지기 쉬울 것 같은데 항상 긍정적이다.

비둘기 그림 옆에 너와 친숙하다는 건 가까이 있어도 괜찮다는 것 이라는 말이 인상에 깊었고 비온 뒤 갠 하늘 만큼이나 해맑은 너의 미소가 나를 웃게 해 라는 말의 표현이 아름답다고 생각이 들었다. 이분은 노래만 잘하시는 것이 아니라 말을 이쁘게 잘 하시는 것 같다고 느껴졌다. 이 책의 제목처럼 이 책을 읽다보면 힘든 일도 다 괜찮아질 것 같은 느낌을 준다. 또, 적당한 거리를 두는 건 너와 내가 더 오래갈 수있길 바라기 때문이야. 라는 말이 와닿았다. 나는 더 오랫동안 싸우고 싶지 않고 잘 지내고 싶어서 조심스러웠던 행동들이 다른 사람들에게는 안 친해서 그런건가? 라는 생각을 들게한다. 친해지려고 막 대하다보면 상대방에게 깊은 상처를 줄 수있을 것 같아 조심스럽다 적당히 거리를 둬라는 말은 어떻게 보면 선을 긋는 것 같은 느낌을 주지만 좋은 인간관계를 유지하기 위해서는 맞는 말인 것 같다. 이렇게 또 책에서 하나를 배워간다. 괜찮아!!

괜찮아 지금은 힘들어도,

괜찮아 그래도

좋은 날이 있을 거야!

06

할 말이 있다 – 허균시 모음

✿ 인상적인 구절

하늘 끝 신선 세계로 날아 올라갈 날은 (P.32 – 이무기 연못)

2월인데 봄이 온걸 미처 깨닫지 못했는데 담장 위로 홀연히

작은 복사꽃 얼굴을 찡그리고 있네. (P.47 – 복사꽃)

인생이란 또한 하늘 뜻 따라 사는 것 언젠가 절간에서 살 꿈이나 꾸리라.

웃고 얘기하느라 모든 걸 잊으니 오늘같이 좋은 밤도 따라 이우네

이윽고 별이 지고 새벽은하수 돌아 푸르고 아득하게 샛별이 돋아나네.

푸른 전원으로 돌아갈 마음 넘치니 머지않아 동산에서 노닐 날 올 거라네.

가을 바람이 계절을 제대로 만나니 하늘 가득히 금 물결 일렁인다.

밤 깊자 더욱 희고 깨끗해 올 들어 가장 맑은 달빛

예로 부터 사람들은 저 달을 바라보았지만 어느 누가 지금까지 남아 있는가.

붉은 거문고에 눈이 스미니 가락조차 서늘하고 (P.230 – 꿈속에서 친구를 만나고)

붓끝에 날려 꽃잎은 향기롭다.

인생에는 즐거움과 웃음이 귀중한데 어느 곳이 과연 내 고향일까.

섬돌을 쪼이는 햇살은 매화 꽃술을 덥히고

방을 두드리는 서늘한 바람은 버들꽃을 떨어뜨린다.

북두칠성 손잡이 차츰 옮겨지고 은하수도 점점 사라지는데

다시금 밝은 달 이끌고 봉래산을 즐긴다.

그대의 글은 깊이가 풍부하여 하늘나라 은하수를 구부려 쏟아냈지

나의 생각

<홍길동 전>을 쓴 소설가 허균이 쓴 시들도 읽어보고 싶어서
읽게되었다. 허균은 3남 3녀 중 막내아들이자 허난설현보다
여섯 살 어린 동생으로 3남매는 재능이나 성품도 비슷했다고 한다.
허균은 광해군 10년인 1618년, 역모를 꾀했다는 죄명으로
서울의 서시에서 처형을 당하게 된다. 허균의 죽음은 정치적이였다.
그렇지만 허균은 정치적이기라기보다는 시인이고, 문인인 허균의 작품중에
꿈속에서 친구를 만나고라는 시가 인상적이였다.
그대 생각 밀려오니 거문고 줄 끊은 백아가 떠올라 마음을 걷 잡을 수
없이 눈물이 쏟아진다. 라는 구절이 있는데 한자 시간에
백아절현 이라는 것을 배워서 더 내용을 이해하기 쉬웠지
않을까? 라는 생각이든다. 벗에 대한 사랑이 남달랐던 허균이지만,
그들의 벗들은 불우하게 살다 일찍 요절하거나 비명횡사하는 경우가
많았다. 그러니 정 많은 허균이 죽은 벗을 그리워하는 마음이 더
애통할 수 밖에 없었다고 한다. 이 시의 나오는 허균의 벗은
시로 이름을 떨쳤던 선비 이춘영을 꿈에 보고 지은 시라고 하였다.
이춘영은 벼슬 길은 순탄하지 못한 불우한 선비였다.
거문고 줄 끊은 백아가 떠올라라는 말은 백아절현을 나타내고
백아라는 사람은 거문고를 잘 탔고 종자기는 거문고 소리를 좋아해주었다.
종자기가 죽어 자신의 연주하는 것을 들어줄 사람이 없자 백아가 거문고 줄을
끊어버리고 만다. 자기를 알아주는 참다운 벗의 죽음을 슬퍼한다는 말이다.
이춘형은 종자기처럼 허균을 알아주던 벗이여서 허균의 그리움은 더욱 했다라고
말한다. 이렇게 허균의 시를 보고 해설을 보니 왜 허균이 이렇게 썼을까라는
점에서 이해가 갔고 시를 더욱 더 흥미롭게 보여준 것 같다.
가끔은 이렇게 시를 읽는 것도 좋은 것 같다 생각이 든다.

10

가시고기

— 원작 : 조창인

❀인상적인 구절

이젠 그만 아팠으면 좋겠어요 (P.17)
하나님, 빨리 날 하늘나라로 데려가 주세요. 아픔도 슬픔도 걱정도 없다면
어서 빨리 그곳으로 가고 싶어요. 하지만 내가 하늘나라로 가 버리면
아빠 혼자서 어떻게 살아갈까요? (P.8) 병원에 있을 때는 내가 오래 살지
못할 것이라는 사실이 너무 억울했어요. 하지만 아빠와 함께 있는 이 시간이
너무 행복합니다. (P.76) 하나님께 용서를 빌었어요. 성호를 미워한 것에 대해
서요. (P.78) 가시고기는 언제나 아빠를 생각나게 하고 내 마음속에는
슬픔이 뭉게구름처럼 피어 올라요. 아, 가시고기 우리 아빠! (P.146)
선생님, 얼마나 더 아파야 죽게 되나요? (P.17) 사랑은 자신이 갖고 있는
걸 다 줘도 아깝지 않은 거래요. (P.50) 아파서 그런 거지, 못된 건 아냐.
(P.72) 다움이는 건강해져야 한다. 무슨 일이 있어도, 무슨 일이 있어도.
그래서 아빠를 기쁘게 해 드려라. (P.81) 성호를 다시는 볼 수 없듯이 성호
엄마를 만나는 일도 없겠죠. 성호 대신 해적선 레고가
남았지만 앞으로 레고 놀이를 할 수 있을지 모르겠습니다.
그리고 성호와 함께 에버랜드에 가기로 한 약속도 잊어
버리는 게 좋겠어요. (P.84) 언젠가 아빠한테 물어 본 적
이 있어요. 이담에 내가 무엇이 되었으면 좋겠냐구요. 아빠는
빙그레 웃으며 대답했죠. 행복했으면 좋겠다구요. 그러니까
아빠는 내가 무엇이 되든 상관이 없고, 오직 행복하게
살면 좋은 거예요. (P.112) 나중에요, 내가 커서 힘이
세지면 아빠를 업어 줄게요. (P.119) 나도 내가 오래 살지
못할 것이라는 것을 알고 있습니다. 하지만 이제는 하나도
억울하지 않습니다. 아빠와 함께 행복한 시간을 보내고 있으니깐요. (P.145)

나의 생각
읽을 때 마다 항상 펑펑 울게 만드는 책인 것 같다.
다움이가 얼마나, 더 아파야 죽나요? 라는 말로 다움이가 힘들다는
장면에도 슬펐지만 다움이가 성호와 이별하는 장면이 가장 슬프다고
느꼈다. 다움이는 성호가 바보라 생각을 한다. 성호는 방사선 치료를
하고 있어서 잘 알아듣지 못하고, 고집불통이라고 했다. 그래도 다움이와
성호는 친했다. 다움이는 성호와 함께 에버랜드도 가기로 약속 했었다.
그런 성호의 엄마가 어느날 다움이에게 성호가 가장 아끼는 해적선 레고를
다움이에게 주면서 성호는 퇴원했어. 갑자기 퇴원하는 바람에 너한테
인사도 못했단다. 미안하다는 말을 이 엄마에게 전해달라구나. 라고
말씀 하셨다. 다움이는 이 말을 듣고 가슴에 큰 돌멩이가 쿵 하고 내려
앉은 기분이라고 생각하는 장면을 읽으면서 가장 슬펐던 것 같다.
다움이와 성호가 함께 에버랜드에 가길 바랬지만 결국 그렇게 되지는 못했다.
다움이가 에버랜드에 가기로 한 약속도 잊어버리는게 좋겠어요 라고 말할 때에는
다움이도 성호의 죽음을 알고 있는 것 같아 마음이 아팠다.
성호는 다움이 곁을 떠났지만 다움이는 성호 엄마께서 다움이는 건강해져야
한다. 무슨 일이 있어도, 무슨 일이 있어도. 그래서 아빠를 기쁘게 해 드리렴.
이라고 말씀하신 것 처럼 다움이는 마음도 이쁘고 똑똑한 만큼 빨리 나아서
이제는 더 이상 아프지 않았으면 좋겠다. 책 주인공인데도 불구하고 다움이가
웃으면 함께 웃고 슬플때는 펑펑 울면서 다움이와 함께 지낸 것 같은
느낌이였다. 다움이의 골수 이식 수술이 성공적으로
잘 끝나서 초등학교 3학년 다움이로, 평범한 3학년
아이로 돌아가서 친구들이랑 신나게 뛰어놀고
먹고 싶은 음식도 마음껏 먹으며 잘 지냈으면 좋겠다.
책을 보며 공감하고 느낄 수 있는 책 인 것 같다.
마음을 따뜻하게 만들어줘 무엇이 되기 보다는 행복한
사람이 되게 해주는 책 이여서 많은 친구들에게 추천해주고 싶다.

김민경

꼴뚜기 왕자

김민경 2001.03.22

좋아하는 것

EXO♥, TV 보기, 노래듣기, 아무생각 없이 앉아 있기 & 누워 있기. 안깨고 오랫동안 깊게 자기. 맛있는 음식 먹기, 해리포터

싫어하는 것

시끄러운거, 해물, 버섯, 계란 노른자, 더운거, 체육, 잠못자는 거

버킷리스트

1. 혼자서 우리나라 나 해외로 여행 가보기
2. 엑소콘서트 가보기
3. 내집 인테리어 직접 해보기
4. 해리포터 스튜디오가보기
5. 혼자 심야 영화 보기
6. 가족여행 & 친구와 여행

인생책

선암여고탐정단 (박하익)
너의 목소리가들려 (김영하)
앵무새 죽이기 (하퍼리)
나미야 잡화점의 기적 (히가시노 게이고)
봄에 나는 없었다 (아가사 크리스티)
눈먼 자들의 도시 (주제 사라마구)

2016. 09. 25

「책임과 동정」

"사모님도 눈이 멀면 우리와 똑같아 질거에요"

"오늘은 오늘 이야. 내일일은 또 내일걱정하지 뭐. 어쨌든
오늘은 내가 책임져야해, 내가 눈이 멀면 내일은 책임지지 못하겠지만"

"책임이라니 무슨 뜻이죠"

"다른사람들은 시력을 잃었는데 나는 내 시력을 잃지 않았다는 데서
오는 책임감"

"이세상 모든 눈먼사람 들을 위해 길을 인도하거나 먹을 걸 갖다주는 것이 사모님의
희망이 될순 없어요"

"그렇게 해야돼"

"하지만 그럴수 없어요"

"사람들을 돕기위해 내가 할 수있는 모든 일을 할거야"

「눈먼자들의도시 - 주제사라마구」 353P

「내생각」

의사의 아내가 동정심이 많은 사람이라는 생각을 했다 자신은 눈이 멀지 않았으며 참혹한 광경을 보고 있기 때문인지는 몰라도 의사의 아내는 눈먼 자들에게 참 관대했고 연민이 넘쳤다. 심지어 자신의 남편이 다른 여자와 잠자리를 하는 것을 지켜보고도 분노를 느끼기 보다 불쌍하다 여겼고, 두 사람 모두를 위로 하고자 했다. 나는 그모습이 이해가 안가면서도 그 모두가 안타까웠다

그리고 의사의 아내가 왜 그렇게 눈먼자들에게 잘해준 것인지 궁금했다. 사람들은 보통 열악한 환경에서는 이기적인 행동을 하고 이책에서도 자신의 이익을 위해 다른사람들의 먹을 것을 약탈하기도 했다. 눈이 보이는 이점을 이용해 자신의 이익을 추할 수도 있었을 텐데 다른 사람을 돕는데 이용했다. 그런 의사의 아내가 멋지게 느껴졌다

또, 의사의 아내가 불쌍했다. 어떤 드라마에서 인간의 추악한면을 볼 수 없게된 한 인간의 눈이 멀어버린 이야기를 들은 적이 있다. 의사의 아내도 눈이 멀어버릴만큼 추악한 광경을 보면서도 눈이 멀 수 없어 고통스러울 것 같다는 생각을 했다

인간은 감당할 수 없는 것에 맞닥뜨리면 눈을 감기마련이라고 하던데 눈을 감을 수 없고 눈을 감아도 다시 떠서 감당해내야 하는 의사의 아내가 안타까웠다

「이기심」 2016. 09. 26

노인이 말했다.
"누구든 항복하는 사람이 있으면, 그자를 내 손으로 죽여 버리겠소"
"왜요"
원을 그리고 앉은 사람들이 물었다.
"우리가 살아가는 이 지옥에서, 우리 스스로 지옥 가운데도 가장 지독한 지옥으로 만들어 버린 이곳에서, 수치심이라는 것이 지금도 어떤 의미를 가지고 있다면, 그것은 오로지 하이에나의 굴로 찾아가 그를 죽일 용기를 가졌던 사람 덕분이기 때문이오."
"그말이야 맞지만, 수치심이 우리에게 먹을 걸 주는 건 아니지 않습니까"
"누가한 말인지는 몰라도, 그 말은 맞소. 늘 수치심이 없이 배를 채울 수 있었던 자들이 있었소, 하지만 우리는 우리 분수에 맞지 않는 마지막 한조각의 존엄성 외에는 아무것도 가진것이 없소, 이제 우리에게도 마땅히 우리것이어야 하는 것을 찾기 위해 싸울 능력이 있다는 것을 보여줍시다"
"무슨 말을 하려는 겁니까"
"우리는 마치 비열한 기둥서방들처럼 여자들을 깡패 소굴로 들여보냈고 그대가로 배를 채웠소, 이제 그곳으로 남자들을 들여보낼 때가 왔소, 여기 남자들이 있다면 말이오."
... (중략) ...
"나는 다른 사람들의 배를 불려주기 위해 내 목숨을 내놓을 생각은 없어요"
"그럼 당신은 누군가 당신에게 먹을 걸 주기 위해 목숨을 잃었을 때, 그걸 먹지 않고 굶을 생각은 있소"

「눈먼자들의도시 - 주제 사라마구」 275p - 276p

「내 생각」

의사의 아내가 두목을 죽이는 것을 보고 충격을 받는 한편 '죽어 다행이다'라고 생각하며 회계사도 죽였어야 한다고 생각하는 내가 싫었다. 하지만 그들은 죄의식이 전혀 없는 악마 같았다. 얼마 전 내가 봤던 드라마의 악귀 같았다. 사람이 자신 때문에 죽었다는데 낄낄거리며 음담패설이나 하고 먹을 거로 사람들을 협박하고 자신만 배부르면 된다는 생각에 남은 음식은 썩게 내버려 두고 여자들을 물건 이하로 대하는 모습에 세상의 악을 모조리 모아둔 것 같다는 생각을 했다. 정신병원 밖의 자신만 해를 입지 않는다면 사람들이 다 죽어도 상관없다 여기며 죽기를 기다리는 군인들보다 더 역겹게 느껴졌다. 난 그렇게까지 생각했는데 그런 사람을 죽여준 사람을, 악의 구렁텅이에서 자신을 꺼내준 사람에게 '너 때문에 우리 모두가 굶는 거야'라며 탓하는 사람들이 너무 싫었다. 정말 큰 용기를 냈다며 위로해주고 감사를 전하지는 못할망정 자신이 배고픈 것만 생각하고 여자들이 그곳에서 당했을 수치를 생각하지 않고 정말 잘못한 사람은 따로 있다는 것을 생각하지 않고서 자신은 절대 다른 누구를 위해 희생하지 않을 거라 말하는 사람들이 너무 이기적인 것 같았다.

「인정」 2016. 10. 02

094. 인정의 기준
누군가가 무언가를 인정한다 그 이유는 세가지다 우선은 그 일에 대해서 아무것도 모르기 때문이다 두번째는 그것이 세상에서 너무도 흔한일인듯 보이기 때문이다 그리고 세번째는 이미 그 사실이 일어났기 때문이다 이제 그것이 선악 중 어느쪽인가, 어떤 이해를 낳는가 어떤 정당한 이유가 있는가 하는 것들은 인정의 기준이 되지 않는다 이런 식으로 많은 사람들이 인습이나 전통, 정치를 인정하고 있다

– 아침놀

「니체의 말 - 시라토리 하루히코 엮음」 125p

「내생각」

학교에서도 인정하고 이해해야 할 문화와 그러면 안되는 문화를 배운 적이 있다. 인권을 짓밟고 생명을 해칠 수도 있는 악습들이 모든 사람들이 그렇게 한다는 이유로, 이때까지는 그래 왔었다는 이유로 당연하다는 듯 행해온 것들이 나쁘더라도, 그로 인해 사람의 인권을 해칠 수 있더라도 악습은 멈추지 않고 이어진다. 이책을 읽고 나서 그런 악습과 문화에 대해서 생각해 볼 수 있었고 내가 알지 못했던 악습들 찾아보게 되었다.
그중에서 가장 나에게 충격을 주었던 것은 카메룬의 '가슴 다림질'이었는데 사춘기 즈음의 여자아이들의 가슴을 단단하고 뜨거운 것으로 두드리거나 마사지하는 것인데 강간을 막기위해 행해지고 있다고 한다. 하지만 가슴다림질은 유방암, 가슴염증, 낭종, 우울증 등에 영향을 미치고 모유수유도 방해할 수 있다고 전문가들은 말한다고 한다. 이를 해결하기위해 UNFPA 나 UN, 빌게이츠 재단 등 국제적인 차원에서 해결방안을 찾기위해 노력하고있다고 한다 하지만 그 모든 노력들도 제대로된 성교육 없이는 성공을 거두지 못할 것이다.
그러니까 세계의 모든 악습들이 제대로된 교육과 깨어있는 생각, 올바른 가치판단 등을 통해 뿌리 뽑힐수 있도록 모두가 노력해야 할 것 같다.

「평판」 2016. 10. 02

02. 자신에 대한 평판 따위는 신경쓰지 마라

누구든 자신에 대한 타인의 생각을 알고 싶어한다. 자신을 좋게 퍼뜨려 주기를 바라고, 조금은 훌륭하다 생각해 주기를 바라고, 중요한 인간의 부류에 포함 되기를 바란다. 그러나 자신에 대한 평판에만 지나치게 신경 써서 남들이 하는 이야기에 귀를 쫑긋 세우는 것은 좋지 않다. 왜냐하면 인간이란 항상 옳은 평가를 받는 것은 아니기 때문이다. 오히려 자신이 원하는 평가를 받는 경우보다, 그것과 완전히 상반된 평가를 받는 것이 일반적이다. 현실이 이러함에도 불구하고 자신의 평판이나 평가 따위에 지나치게 신경써서 괜한 분노나 원망을 가지는 것은 어리석은 짓이다 타인이 어떻게 생각하고 있는가. 그 같은 일에 지나치게 연연하지 마라. 그렇지 않으면 실은 미움을 사고 있음에도 불구하고 부장이다 사장이다, 선생이다 라고 불리는 것에 일종의 쾌감과 안심을 맛보는 인간으로 전락하게 될 지 모른다

– 인간적인 너무나 인간적인

「니체의 말 – 시라토리 하루히코 엮음」 22p

「내생각」

나는 다른 사람이 나를 어떻게 생각하는지가 참 중요한 사람이였다 다른 애들이 나를 책을 열심히 읽는 아이로 생각하면 책을 굳이 책상위에 둔다거나 평소보다 책을 더 열심히 읽는다던가 하면서 그에 맞게 행동하고 다른 애들이 나를 느긋한 아이라 여기면 좀 더 서두를 수 있더라도 굳이 서두르지 않았다. 그리고 또 가끔 누군가 나에게 이기적이다 말하면 난 이기적인 사람이니 굳이 착하려 노력하지 않을 거라 생각하기도 하고, 나도 모르게 상처를 받기도 했다. 남이 보는 눈이 맞을 수도, 틀릴 수도 있는데 난 항상 지나치게 남의 눈을 의식하고 믿어 왔다 그렇게 살면서 나는 그게 그렇게 나쁜거라고 생각하지 않았었다 그냥 좀 불편한 거라고, 어차피 상처는 내가 받는 거니까 남한테 피해주는 게 아니라고 생각했다. 그래서 굳이 고치려 노력하지 않았다. 그런데 이 글을 읽고 나니 조금쯤 두려웠다 어떤 직위나 직업으로 불리는 것에 쾌감과 안심을 느끼는 사람이 되고 싶지는 않았다. 드라마나 영화나 책에 그런 사람이 나오면 참 찌질하고 불쌍하다고 생각했었다. 다른 사람의 말을 너무 신경쓰는 습관은 나를 위해서도 다른 사람을 위해서도 고쳐야 할 것 같다.

「자유」 2016. 10. 02

그는 전에도 여러 번 생각했던 것처럼 자기가 미친 건 아닌지 의아해했다. 어쩌면 정신병자는 그저 소수에 불과할는지도 몰랐다. 옛날에는 지구가 태양 주위를 돈다고 믿는 것이 미쳤다는 증거가 되었다. 그러나 오늘에 와서는 과거는 바꿀 수 없다고 믿는 사람이 미친놈 취급을 당했다. 그는 자기 혼자 그런 신념을 가지고 있고, 혼자인 까닭에 미친 놈이 되는 것이다. 그렇지만 자신이 미쳤다는 생각은 그다지 고통스러운 것이 아니었다. 정말 무서운 것은 그 자신 역시 틀릴 수 있다는 사실이었다.

자유란 둘 더하기 둘은 넷이라고 말할 수 있는 자유이다. 그 자유가 허락된다면 그 밖의 모든 것은 여기에 따른다.

「1984 - 조지오웰」 102, 103.

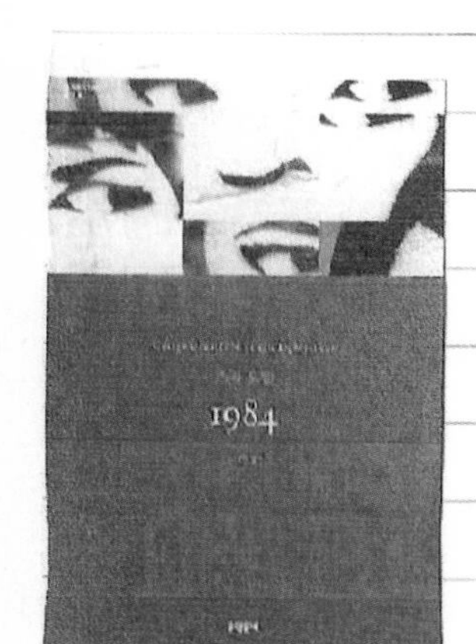

「내 생각」

윈스턴이 생각하는 자유는 맞는 것을 맞다고 말할 수 있는 것'인것 같았다 자신이 ~~이때~~지금까지 보고 들어 맞다고 확신하는 것들 조차도 모두에게 아니라고 가르치고, 주입시켜 결국 아니게 만들어 세상의 모든 것이 맞는지 아닌지 헷갈리게 만드는 당이었다. 그렇기에 그 시대에는 맞는 것을 맞다고 아는 것을 안다고 말할 수 있는 것이 중요 했던것 같다

과거에 비하면 우리는 아주 자유롭게 살고 있지만 자유는 옛날에 비해 낫다는 이유로 주장할 수 없으면 안되는 거니까 나는 우리가 좀 더 자유로워져야 한다고 말하고 싶다. 우리는 쉽게 전체의 의견에 반하는 의견을 내놓지 못하고 내놓더라도 묵살 당하는 경우도 많은것 같았다 지금 보다 좀 더 자유로워지기 위해 소수의 의견도 존중해주고 틀린것을 틀렸다고 말하는 용기를 가지고 누군가가 틀렸다고 말하면 그것을 인정하고 고치기 위해 노력하는 문화를 만들기 위해 모두가 노력해야 할 것 같다.

「무지」

2016. 10. 2

그는 그녀와 이야기 하는 중에 정설이 무엇인지도 모르면서 정설을 아는 체 하는 것이 얼마나 쉬운지 알게 되었다. 어떤 점에서 당의 세계관은 그것을 이해하지 못하는 사람들에게 가장 성공적으로 주입되었다. 그들은 잔인무도한 현실 파괴도 감행할 수 있었다 왜냐하면 자기들에게 요구되는 것이 얼마나 엄청난 일인지 파악하지 못할 뿐더러 발생하는 공적 사건에 대해서는 충분한 관심을 갖지 않았기 때문이다. 그들은 무지 덕분으로 미치지 않고 살아갈 수 있었다. 그들은 아무것이나 꿀꺽꿀꺽 삼키지만 아무 탈도 없었다.

「1984 - 조지오웰」, 194 p

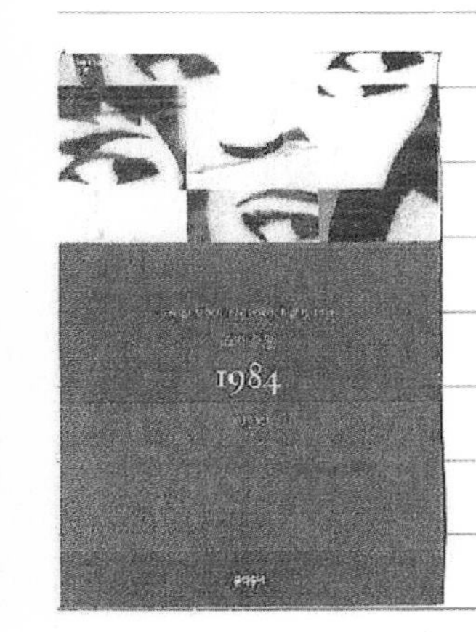

「내생각」

이 책을 읽고 아는 것이 얼마나 중요한지에 대해서 아는 것이 없으면 다른 사람이 나에게 무언가를 강요해도 그것이 옳은지 옳지 않은지 알지 못한다. 강요 하는 것 자체가 옳지 않다는 것 또한 모를 것이고 내가 그 사람의 마음대로 조종 당하게 될 수도 있다. 그러니까 내 의지를 가지고 옳고 그름을 내가 직접 판단하면서 살려면 아는 것이 중요하다

요즘 뉴스를 보면서 내가 참 아는게 없다는 생각을 했었는데. 그러면서도 굳이 찾아보지 않고 흥미가 느껴지지 않는 이야기 들은 한귀로 듣고 한귀로 흘리곤 했다 그리고 가끔 인터넷에 들어가도 정치기사 나오는 곳은 바로 넘기고 연예 기사만 읽었다. 생각해 보니까 연예 기사도 좋지만 적어도 우리나라에서 일어나는 큰 사건들과 시행되고 있는 중요한 정책들은 조금씩은 알아야 하지 않나 하고 생각했다. 뭔지도 모르는 채로 시키는 대로 하는 사람이 되지 않으려면 굳이 궁금하지 않더라도 한번쯤 기사를 읽어보고 굳이 알고 싶지 않더라도 모르는 것을 찾아보는 습관을 가져야 겠다는 생각을 했다

김민주

연완

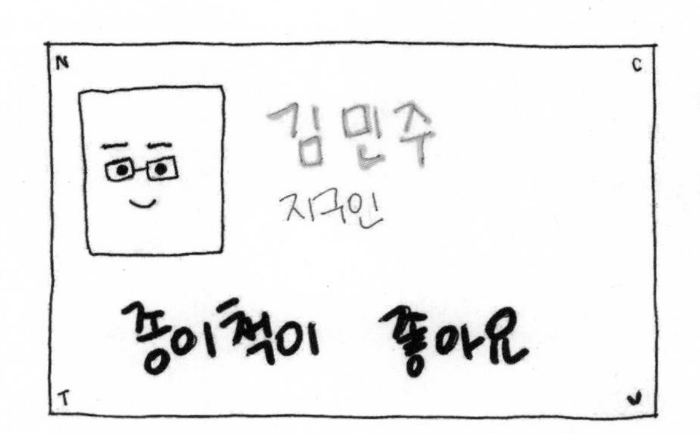

연완

얼굴이 곱고
마음이 예쁘다.

좋아하는 거: 책, 음악, 영화, 꽃

인상 깊었던 영화: 인셉션, 인터스텔라, 죽은 시인의 사회, 위플래쉬

인생곡: 쇼팽 발라드 1번, 4번, 녹턴 20번, 1번
라흐마니노프 피아노 협주곡 2번

꿈: 도민준 서재같은 내 서재 만들기
혼자서 여행 가기
하루종일 맛있는 거 먹으면서 책 읽기
좋은 스피커 사서 노래 크게 듣기
올림픽 가보기
공연 마음껏 보러 다니기
판다 키우기

2016. 8. 4. 목

오늘도 사막으로 간다

김현경

책 한 구절로 나의 작은 일탈은 시작되었고 나의 삶이 완전히 바뀌었다.
가끔씩 저지르고 싶은 우아한 일탈을 너무 누르고만 있지 않았으면 좋겠다.
작은 관심을 도전으로 이어지게 하자. 잃게 될 것에 대한 두려움도 버리자.
그것을 우리는 '용기'라 부른다.

-P.187-

그 누구도 상상할 수 없을 것이다. 직접 혼자 떠나보기 전까지는.

-P. 284-

세상이 알아챌 수도 없을 만큼 빨리 변하고 여러 번 사람의 이용으로부터
배신을 당하더라도 결국 우리에게 필요한 것은, '진심' 그리고 상처 난 가슴을
위로하는 '음악'이다. 서글픈 혹은 환희에 찬 표정으로 바삐 손가락을 움직이며
혼신을 다해 연주하는 연주자의 바이올린 소리는, 지나가는 누구라도 발길을 멈
추게 하는 힘을 가진 '진실한 음악'이었다

-290-

늘 하던 것에서 벗어나 새로운 것을 하는 것은 쉽지 않다. 혹시 이렇게 되지는 않을까. 저렇게 되지는 않을까. 걱정이 앞서기 때문이다. 무언가를 잘하게 될까 혹은 잘못될까 두려워 조그만 용기를 내면 되는데 그 조그마한 용기를 내는 것이 참 어려운 것 같다. 용기를 내어 도전한다면 가끔 새롭고 멋진 경험을 할 수 있을지도 모른다.

혼자서 떠나는 여행. 조금 두려울 수도 외로울 수도 있지만 그보다는 더 큰 자유로움이 있다. 두려움과 설렘이 공존하는 일이다. 오로지 나 혼자만이. 그 누구와 같이 가는 것이 아닌 나 혼자 여행을 떠나는 것은 참 멋진 일이다. 곳곳을 누비며 새로운 사람을 만나고, 맛있는 음식을 먹으며 그 곳의 공기를 느끼는 일. 참 굉장한 일이다. 혼자 여행을 다니며 내가 살아있음을. 내 심장이 뛰고있음을 느낄 수 있지 않을까. 비단 여행뿐만 아니다. 어떤 일을 혼자 한다는 것이 조금 무섭고 외로울 수도 있지만 그보다 더 큰 자유를 만끽할 수 있다. 남의 신경을 쓰지 않고 내가 원하는대로, 하고 싶은 대로 할 수 있다. 타인의 간섭을 받는 것을 싫어하는 나로써는 어떤 일을 혼자하는 것을 좋아한다. 그렇기 때문에 혼자 떠나는 여행도 굉장히 멋있어 보인다. 나중에 성인이 되면, 꼭 한 번 혼자 여행을 떠나고 싶다.

음악의 힘은 참으로 대단하다. 정말 엄청난 힘을 준다. 사람에게 감동을 주기도 하고, 기쁨과 행복을 주기도 한다. 또 괴로워하는 사람에게 위로를 주기도 한다. 가끔 가다 보면 정말 발걸음을 멈추게 하는 음악이 있다. 뭔가가 심장에 쿵 하고 내려앉는 느낌? 나도 모르게 걷던 걸음을 멈추고 돌아보게나 하던 일을 멈추고 돌아보게 되는가. 정말 신기한 일이다. 음악은 우리에게 큰 행복을 준다.

2016. 8. 4. 목

김연아의 7분 드라마

승부욕 강한 소녀, 돌이킬 수 없는 인생 10대에 나를 그려본 스무살 김연아, 그 열정과 도전의 기록

- 김연아

그저 꿈꾸는 것만으로는 오래 행복할 수가 없다. 그래서 나는 그 꿈을 이루고 싶었다. 승부욕이 강한 나는 일등을 하고 싶었고, 그것이 꿈을 이루는 것이라 생각했다. 그러다가 어느 순간 나의 경쟁상대는 '나'라는 생각이 들었다.
먹고 싶은 걸 모조리 먹어 버리고 싶은 나, 조금더 자고 싶은 나, 친구들과 자유로운 시간을 보내고 싶은 나, 하루라도 연습좀 안 했으면 하는 나…. 내가 극복하고 이겨내야 할 대상은 다른 누군가가 아니라 내 안에 존재하는 우수한 '나'였던 것이다. 이런 나를 극복하려면 어떻게 해야 할까. 그래 즐겁게 하자.
피할 수 없으면 즐기라고 하지 않았던가!

-P.74-

이 말이 너무나도 와닿았다. 그저 꿈꾸는 것만으로는 행복할 수 없다 꿈을 이뤄야 오래 행복할 수 있다. 그리고 그 꿈을 이루기 위해서는 수많은 노력이 필요하다. 그 노력 중 하나는 비로 자기자신과의 싸움이다. 나의 경쟁상대가 따로 있는 것이 아니다. 다른 친구들이나 학생들이 아닌 바로 나 자신이다. 조금 더 자고 싶은 나, 숙제를 하기 싫은 나, 학원에 가기 싫은나. 이런 나를 이겨야 내가 원하는 곳에 다다를 수 있다. 나태함과 게으름은 모두 떨쳐버려야 한다. 꿈을 이룬다는 것은 결코 쉽지 않다. 강한 의지를 갖고 '나'를 이겨내야 한다. 그런 점에서 나는 조금 더 마음을 굳게 먹을 필요가 있다

개런디피티라고 해야 하나? 우연을 붙잡아 행운으로 만드는 것. 누구에게나 우연을 가장한 '기회'가 찾아온다. 하지만 그것을 붙잡아 행운으로 만드는 것은 자신의 몫이다. 그 작은 우연을 지금 내가 누리고 있는 '행운'으로 만드는 과정은 무수한 고통과 눈물방울들을 모아 등수를 매길 수 없는 트로피를 만드는 것과 같았다. 아무도 줄 수 없는, 내가 나에게 주는 상. 나는 아직 그 상을 받지 못했다.

-p.10-

길고 날, 빨간 스케이트화를 신었던 그 날은 김연아의 운명의 날이 되었다. 그녀는 우연히 찾아온 기회를 붙잡아 행운으로 만들었다. 피겨스케이터의 길을 꿈게 된 것이다. 만약 그 때에 그 기회를 놓쳤더라면 지금의 세계적인 피겨스케이터 김연아는 없었을 것이다. 너무나 다행스러운 일이다. 정상에 서기까지는 정말 많은 노력과 무수히 많은 연습 그리고 고통이 있었지만 기회를 잡았기에 지금의 행운을 누릴 수도 있었다. 기회와 수많은 눈물방울들이 모여져 그녀는 꿈을 이루었다. 그렇다면 지금까지 내 인생에도 기회가 찾아왔을까? 혹시 내가 놓친 것일까? 놓쳤더라도 괜찮다. 왜냐하면 앞으로 남은 시간 동안 나에게 찾아올 기회가 많기 때문이다. 만약 나에게 우연을 가장한 기회가 찾아온다면, 놓치지 않고 꼭 그 기회를 행운으로 만들 것이다.

청소부 밥

토드 홉킨스·레이 힐버트

차에 기름이 떨어지면 움직이지 못하는 것처럼 우리 몸도 에너지가 떨어지면 멈춰버리고 맙니다. 지친 머리로는 일할 수 없듯이 지쳤을 때는 재충전이 필요합니다 -P.46-

인생이란 오래 담가둘수록 깊은 맛이 우러나는 차와 같습니다. 우리의 인생도 당장 눈 앞에 보이는 효과를 기대하기보다 천천히 깊은 맛을 우려내기를 바랍니다. -P.68-

하지만 여섯가지 지침들은 곧바로 약효를 내는 만병통치약이 아닙니다. 지침들은 지속적인 실천을 통해서만 서서히 변화를 일으킵니다. 하지만 요즘 사람들은 빠른 결과만을 원하는 인스턴트식 사고에 익숙해져 있지요. 반면 인생이란 그런 것과는 거리가 멀거든요. 긴 호흡으로 인생을 살다 보면 단기적으로는 안 좋은 일 같아도 결국에는 더 좋은 결과를 가져오는 일도 있는 법이죠 — P.66 —

무엇이든지 어떤 일을 할 때는 중간에 쉬어주기도 해야한다. 휴대폰 배터리가 떨어지면 휴대폰이 작동이 안되듯이 우리도 에너지를 보충 해줘야 일이든, 공부든 할 수 있다. 만약 계속해서 앞만 보고 달리면서 에너지를 충전하지는 않고 소비하기만 한다면 완전히 에너지가 고갈되고 말 것이다. 그렇게 되면 아무것도 할 수 없는 상황이 된다. 전자제품의 배터리를 방전시키면 배터리가 훨씬 빨리 고장나게 된다. 그와 마찬가지로 우리의 에너지가 방전되는 횟수가 잦아지면 더 큰 병을 몰고 올 수도 있다. 또한, 일이든 공부든 한꺼번에 많이 하면 질려버려서 그 다음엔 하고싶은 마음이 사라지게 될 지도 모른다. 중간에 휴식할 시간이 있어야 더 능률이 오르게 된다. 앞으로 살아가면서 지치고 힘들때는 재충전하는 시간을 가지도록 해야겠다.

요즘 사람들은 너무 빨리빨리에 길들여져 있다. 음식도 인스턴트 식품을 자주 먹고, 인터넷도 갈수록 더 더 빨라지고 있다. 요즘 사회에서는 여유를 갖고 생활하는 사람들을 보기 힘들다. 아무래도 일에 쫓기고, 공부에 쫓기기 때문이겠지. 그러면서 어떤 일을 할때에 즉각적인 반응이나 효과가 나오지 않으면, 화를 내거나 잘못되었다고 생각한다. 하지만 우리는 조금 여유를 가지고 천천히 생각해보고, 인내할 필요가 있다. 공부든 운동이든 단기간에 효과를 보는 것은 어려운 일이다. 당장에는 별로 큰 변화가 없더라도 기다리며 꾸준히 하다보면 어느새 좋은 결과가 기다릴 것이다. 모든일이 그렇다. 지금은 일이 잘 안풀리더라도 나중에는 잘 될 수도 있고 또 지금 잘 되는 일이 나중에는 잘안될 수도 있다. 인생은 단거리 달리기가 아니다. 장거리 마라톤이다. 그렇기 때문에 멀리보며 인내를 가지고 참고 기다릴 필요가 있다.

돌아온 외규장각 의궤와 외교관 이야기

145년의 유랑, 20년의 협상 - 유복렬 -

대통령 통역의 역할이 중요한 것은 상대국 정상이 우리 대통령의 말이 아니라 통역의 말을 듣고 대통령의 의중을 이해하고 공감하기 때문이다. 통역을 잘하면 양국 정상 간 교감이 빨라지고 대화도 깊어지며 결과적으로 회담이 잘 풀리고 두 정상도 서로 친해진다. 그러나 정상회담 결과가 좋았다고 해도 통역이 훌륭해서 정상회담이 잘 치러졌다고 생각하는 사람은 아무도 없다. 대통령의 통역이 막중한 임무라는 사실에는 누구도 이의를 제기하지 않지만 다들 대통령을 보좌하느라 그의 입인 통역에게까지 신경 쓸 생각도 겨를도 없는 것이다. 그저 있는 것이 당연하니, 여태까지는 대통령 통역을 수년동안 계속하면서, 보이지 않는 곳에서 일한다는 것이 바로 이런 것이구나 하는 생각을 했다. 그렇기 때문에 상대국 대통령이 공개적으로 준 선물은 그 무엇보다도 값질 수밖에 없었다. 부테플리카 대통령의 생각지도 못했던 선물은 누군가는 내가 하는 일, 나의 존재를 지켜봐 주고 있다는 사실을 일깨워주었다. 그리고 '사람들이 너를 일일이 배려하거나 특별히 생각해주지 않아도 그저 묵묵히 주어진 일에 최선을 다하라'는 무언의 격려가 되었다.

통역사 없이는 어떤 회담도 이루어질 수 없다. 통역사의 임무는 그만큼 중요한 것이다. 그럼에도 불구하고 그들의 역할이 주목받거나 높이 평가받은 적은 없는 것 같다. 항상 보이지 않는 곳에서 일한다. 나도 한때 통역사를 꿈꿨던 적이 있다. 통역사라는 직업은 내가 생각했던 것보다 훨씬 어려운 직업이었다. 단순히 통역만 하는 직업이 아니었다. 통역 그 자체뿐만 아니라, 사전 정보 습득, 자세, 태도, 돌발 상황에 대한 대처 능력, 순발력, 기억력 그리고 체력에까지 모든 면에서 완벽해야 한다. 정상회담의 의제의 배경과 대통령이 사용한 어휘라든가 상대국 정상의 관심 분야나 취미, 좋아하는 작가와 같은 세세한 부분까지도 사전에 정보를 알아 놓아야 한다. 말하는 사람의 의중을 파악하고 적절한 어휘를 선택하는 일이 단 몇 초 안에 이루어져야 한다니. 그것도 언어를 왔다 갔다 하며. 생각해보니 외교적인 자리에서 수행하는 통역사들이 참 대단하게 느껴졌다. 긴 시간 동안 긴장하고 집중해서 말을 잘 전달해야 한다. 끼니를 챙길 시간도 없고 화장실도 잘 가지 못할 때도 있다고 한다. 이렇게 힘들게 일을 해왔는데 자신의 고생을 알아주는 사람이 있다면 기분이 어떨까. 다른 누구도 아닌 한 나라의 대통령이 그 고생을 알아주고 고맙다 인사해준다면, 정말로 기쁘고, 감격스럽고 또 보람찬 기분을 느끼겠지? 누가 나를 알아주지 않아도 묵묵히 나의 일을 한다면 언젠가 내가 인정받는 날이 올 것이다. 앞으로 살아가며 내가 하는 일이 부질없다 느껴질 때, 이를 떠올려야겠다.

소년의 고고학

설흔

이 모든 건 실상은 K가 자초한 일이었기 때문이다. 무슨 말인가? 지하철에서 출구를 빠져 나와 지상에 발을 내딛기 전, 잘못된 출구였다는 걸 분명히 알아차렸음에도 걸음에게 멈추라고 명령하지 않았기 때문이다. 걸음에게 책임을 전가한 뒤에는 또 어떠했나? 소금 기둥이 될까 두려워하는 사람처럼 뒤도 돌아보지 않고 걷고 또 걸어 곧장 거리로 들어섰다. 거리는 어떠했나? 거리는 거리였다, 그리고 또 그랬던 그 그리운 거리는 아니었다.

-P.64-

고고학자?
고고학자는 미래의 고고학자야.
미래의 고고학자?
그래, 미래의 고고학자.
미래의 고고학자가 발굴하는 건 과거의 거주지야. 흙을 파면 제일 먼저 나오는 건 아파트야. 그 다음엔 빌라야. 마지막 층엔 단독 주택이 있지. 그러니까 아래로부터 보자면 제1층엔 단독 주택이, 제2층엔 빌라가, 제3층엔 아파트가 묻혀 있던 셈이지. 발굴을 마친 고고학자는 고민에 빠져. 발굴 결과는 자신이 신봉하는 '진화' 내지 '진보'와는 어긋나거든.

-135~136p.-

가끔. 그럴 때가 있다. 머리는 아니라고 하지만, 마음이, 몸이 이끄는 대로 할 때? 아닌 걸 알면서도, 틀린 걸 알면서도 그걸 우선시할 때가 있다. 글쎄, 그 이유는 잘 모르겠다. 마음이 가는 대로, 몸이 가는 대로 행동한다는 것이 무모하다거나 나쁜 것은 아닌 것 같다. 발걸음이 가는대로 길을 걷는 것은 참 기분 좋은 일이다. 아무 생각 없이 걷다보면 머릿속을 꽉 채우고 있던 생각들과 근심 걱정을 잠시 날릴 수 있다. 뭔가 상쾌하고 기분 좋은 일이다. 물론 이것은 혼자 있을 때만 가능하다. 나는 혼자 어딘가를 가는 것을 좋아하고. 또 자주 한다. 누군가와 함께하는 것도 좋지만 혼자 있는 것도 좋다. 그 둘은 정말 하늘과 땅 차이다. 공기의 흐름까지부터 바뀐다고 해야하나? 같이 다니면 함께 대화를 나눌 수 있고, 함께하니까 좋지만 혼자 하면 그 혼자라는 느낌이 좋다. 정말 자유롭다. 내 마음 대로, 내가 원하는 길로 가도 되고, 가다가 갑자기 멈춰도 되고, 떡볶을 먹어도 뭐라 하는 사람이 없다. 누군가에게 얽매이지 않고 나 혼자 하고 싶은 대로 할 수 있다. 나는 걸음이 꽤 빠른 편이다. 그래서 남들과 걸으면 주로 내가 앞서 가는 경우가 많다. 앞서 가다 뒤 돌아서 기다렸다 다시 가고. 이 과정을 반복하게 된다. 급한 성질이 걸음에도 나타나나보다. 나는 이 과정을 썩 좋아하진 않는다. 그래서 혼자 다니는 걸 좋아하는 편이다. 자유로우니까.

고고학자가 다른 의미로 쓴 것이었다니. '도시의 고고학' 이라는 제목에 대한 의문을 풀었다. 한 남자가 거리에서 옛날을 떠올리며 기억을 거슬러 올라가는 일을, 고고학이라고 표현했다. 고대 유물을 찾듯 오래된 기억을 찾는 일. 상당히 신기하다. 고고학이 이러한 의미로도 사용될 수 있다니.

책의 역습

우치누마 신타로

그 곳에 진열된 헌책은 모두 파는 것이지만, 자유롭게 필기할 수 있습니다
구매한 사람뿐만 아니라 그냥 놀러 온 사람도 글씨를 써도 괜찮다는 서점입니다
가게에 있는 책에 그 자리에서 쓰는 것이니까 솔직히 말하면 매우 단순한 낙
같은 것이었습니다. 그러나 전시 중 여러 사람의 손이 닿은 책을 다들 재미있어
했습니다. 최종적으로는 거의 다 팔렸습니다.

예를 들면 1대 5000부를 찍은 책은 인쇄된 시점에서 전세계에 5000권
있습니다. 어딘가의 누군가가 그 한 권에 한 줄의 선을 긋는 시점에서 그것은
그 사람의 '읽기'가 추가된 세계에서 한 권뿐인 책이 되는 것입니다. 그리고
이것은 종이 책에만 한정된 것입니다. 전자책에도 선을 긋고, 글자를 적을
수 있지만, 그것은 어디까지나 언제라도 데이터의 원리적인 복제가 가능
합니다.

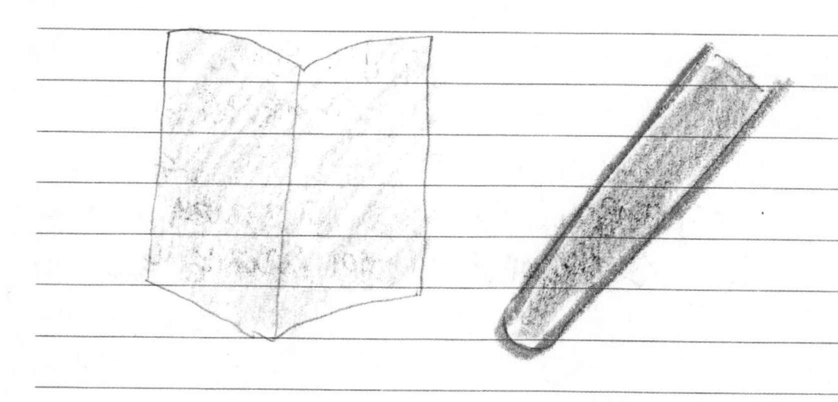

필기할 수 있는 서점이라니. 정말 놀랍다. 나는 이때까지 책을 읽으면서 책에 무언가를 적은 적이 한 번도 없다. 그냥 무언가 책에 낙서를 하면 책이 너무 아까운 기분이 들었다. 책은 소중히 다루어져야하는 존재인 것 같다. 내가 책을 아끼고 좋아해서 그런 것도 있지만. 그리고 그 사람들의 낙서가 담긴 책을 사간다는 것도 놀랍다. 나는 사람들이 낙서가 된 책을 사갈 거라곤 생도 못했다. 왜냐하면 그냥 더러워진 책이라고 생각하고 새 책을 구입할 것이라고 생각했기 때문이다. 그런데 이 책을 읽으니 조금 다르게 생각하게 되었다. 낙서가 되어 있는 책, 아니 무언가 쓰여 있는 책이 한 권 있다고 생각하자. 그 책이 어떤 사람에게는 그냥 낙서가 되어 있는 책일 수 있지만. 또 어떤 사람에게는 누군가의 흔적이 남아있는 세상에서 단 한 권뿐인 책이 될 수도 있는 것이다. 생각을 조금만 바꿔도 특별한 책이 될 수 있다니. 하긴 막상 나도 여러 사람들의 손이 닿은 책을 보면 좋아할 것 같기도 하다. 왜냐하면 나도 다른 사람들의 생각이나 뭐 낙서라든가 글 이런 것을 좋아하는 편이다. 마치 카페에 앉아 창 밖으로 사람을 구경하는 느낌이랄까? 아무튼 그렇다. 아, 내가 지금까지 말한 책은 '종이책'이다. 전자책으로는 세계에서 단 하나뿐인 책을 만들 수는 없다. 얼마든지 원상태로 돌릴 수 있기 때문이다. 역시 아무리 세상이 발전하고 변했다 하나도 종이책을 따라올 것은 없다. 나는 전자책보다 종이책을 더 선호한다. 종이책으로 읽어야 책을 읽는 느낌이 들고, 또 소장할 수도 있기 때문이다. 실물 종이 책과 전자책 사이에는 엄청난 거리가 있다. 먼 훗날에도 종이 책이 사라지는 날은 없었으면

우리가 사랑해야 하는 이유

생텍쥐베리 잠언집

이미 입은 상처에 대해 불평을 늘어놓는 것은 아예 이 세상에 태어나지 않았으면 좋았을 거라고 불평하거나 더 좋은 세상에 태어나지 않은 것을 불만스러워하는 것과 마찬 가지의 뜻이다. 왜냐하면 당신이 살아온 지난 과거는 오늘의 당신을 있게 한 것에 불과하기 때문이다. 그것은 그렇게 존재할 따름이다.
그러니, 상처를 있는 그대로 받아들이고, 공연히 과거 때문에 머릿속을 복잡하게 만들지 마라.

〈사막의 도시〉

〈상처를 받아들이기〉 -P.45-

〈빛나는 말들〉

사람과 사람 사이의 관계를 진지하게 생각해보았다. 우리는 대화를 통해 서로의 의견을 정확히 이해시킬 수 있을까? 불행히도 그것만큼 위험한 생각도 없다. 마음속에 있는 생각은 말을 통해 밖으로 전달될 수 있는 것이 아니다. 자기 안에 있는 생각을 온전히 표현할 수 있는 말은 이 세상에 존재하지 않는다. 아무리 옳은 말을 했다고 해도, 그것은 단지 뭔가를 표현하려고 노력했다는 것에 지나지 않는다.
타인이 자신의 말을 온전히 이해하는 경우는 단 하나, 사랑의 기적이 일어났을 때만 가능할 뿐이다.

〈사막의 도시〉

-P.18-

나를 포함해 많은 사람들은 후회 속에서 살아간다. 그때 그러지 말았어야 했는데, 이렇게 할 걸... 저렇게 할 걸... 하며 후회한다. 생각해 보니 이미 일어난 일에 대해 불평하거나 후회하는 것은 소용 없는 것이다. 이미 일어난 일, 지금 와서 후회해봤자 달라질 것 아무 것도 없다. 그냥 받아들이면 된다. 그 때의 내가 있었기에 지금의 나도 존재할 수 있으니까. 수많은 과거가 모여 지금의 나를 만든다. 과거에 내가 했던 일들 중 헛되거나 쓸데 없는 일은 없다. 현재의 나를 구성하고 있는 것의 일부다. 이렇게 인정하고 받아들이면 된다. 사람 마음이라는게 마음대로 되는 것이 아니라 쉽지는 않겠지만 그래도 하다보면 익숙해질 것이다. 과거는 절대로 돌이킬 수 없다. 그렇기에 과거를 부정하기 보다는 인정하고 받아들이고, 앞으로의 일에 대해 생각하는 것이 낫다. 현재의 시점에서 더 나아질 수 있는 방안을 찾는 찾는게 더 좋을 것이다.

나의 생각을 말로서, 글로서 온전히 전달하고 표현하는 것은 정말 어려운 일이고, 불가능한 일이다. 또한 말로 표현된 다른 사람의 생각을 온전히 이해하기도 어렵다. 내가 아닌 남을 완벽히 이해하는 것은 불가능이다. 그렇기에 내가 아무리 나의 생각을, 마음을 말로 표현해도 상대방에게는 닿지 못하는 일이 생긴다. 마음을 완벽히 나타낼 수 있다는 것이 아니니깐. 내 마음 속의 생각을 보여줄 수도 없고. 내가 아무리 진심이라 말해도, 상대방에게는 진심이라 느껴지지 않을 수도 있다. 내 마음을, 생각을 나타낼 수 있는 것이 존재한다면 얼마나 좋을까.

김유리

유리의 서재

PROFILE

NAME 김유리
AGE 16
HOBBY 포장지나 리본 끈 모으기, 다이어리 꾸미기, 오카리나 연주, 뜨개질, 종이접기
LIKE 달콤한 것, 인형, 가을, 종이 냄새, 신발장 냄새, 구름
HATE 어두운 곳, 큰 소리, 벌레, 여름

BUCKET LIST

ONE 하루종일 버스타고 종점에서 종점까지 가보기, 첫차로 시작해서 막차로 끝내기.
↳ 출·퇴근 시간을 제외하고 버스에 앉아 창 밖 구경하기.

TWO 후원하기.
↳ 소년소녀가장에게 후원하고 싶다. 나라면 절대 하지 못 했을 일들을 해내는 아이들에게 도움이 되고 싶다.

THREE 방 하나를 온통 책으로 가득 채우기.
↳ 책 욕심이 많은 편이다. 여유로운 주말 아침에 책으로 가득한 방에 들어가서 하루종일 책을 읽어 보고 싶다. 단, 이 방에 있는 책들은 모두 내가 읽고 싶은 책으로!

7/26

물길이 점점 좁아지고 있다. 눈앞에 큼직한 바윗돌 몇 개가 그들을 가로막는다.

"너는 누구니?"

"나는 징검다리야."

하고 징검다리가 대답한다.

"거기서 뭘 하고 있는 거지?"

은빛연어가 물었다.

"사람들을 건네주는 일을 한단다."

가만히 보니 징검다리에는 인간들의 발자국이 여럿 찍혀있다. 아까 만났던 어린 인간의 발자국도 예쁜 무늬처럼 찍혀 있는 게 보인다. 징검다리는 물 속에서 인간들을 이쪽저쪽으로 실어 나르느라 몸이 반질반질하게 닳아 있었다.

은빛연어는 좀 측은한 생각이 들었다.

"아프지 않니?"

"괜찮아."

"인간들이 너를 마구 짓밟는데도?"

"짓밟히지 않으면 내가 살아갈 이유가 없어. 나는 짓밟히면서 발걸음을 옮겨주는 일을 하거든."

"아, 그렇구나."

은빛연어는 이렇게 생각했다.

'무뚝뚝해 보이는 징검다리도 좋은 일을 하고 있구나. 그가 짓밟히면서도 즐거워하는 것은 살아갈 이유가 분명하기 때문이야. 징검다리는 물의 흐름을 막지도 않으면서 의연하게 제 할 일을 다하고 있구나. 나는 저 징검다리에 비하면 얼마나 가벼운 존재인지……'

-p117~119. 안도현의 '연어'

'짓밟혀서 살아가는데 왜 괜찮다고 얘기할까?' 이 글을 중간까지 읽었을 때까지만 해도 나는 이런 생각을 했다. 글을 끝까지 다 읽고 나서야 질문에 대한 해답을 찾을 수 있었다. 징검다리는 인간에게 짓밟혀 살아가야만 하는 자신의 처지를 한탄할 수도 있었는데 자신을 불쌍히 여기지 않았다. 자신의 처지를 받아들이고 오히려 짓밟히지 않으면 자신이 살아갈 이유가 없다고 여기고 있다. 나는 뒤이어 '징검다리가 처음부터 자신의 처지를 받아들였을까?'라는 생각이 들었다. 글쎄. 그렇지는 않았을 것이다. 처음에는 징검다리도 자신의 신세를 한탄하며 원망했을 것이다. 그러나 자신을 원망하고 절망한다고 해서 자신이 짓밟히지 않게 되는 것이 아니라는 것을 깨달았을 것이다. 긍정적으로 본 것이다. 사람들을 물에 빠지지 않게 안전하게 뭍으로 옮겨주는 자신의 역할이 중요하고 멋진 일이라고 생각했을 것이다. 불행한 일을 긍정적으로 바라보는 것, 이 것은 살아가는 데 정말 중요한 일이라고 생각한다. 그리고 가장 어려운 일이기도 하다. 안 좋은 일을 좋게 본다는 것은 결코 쉬운 일이 아니다. 하지만 노력은 해보는 것이 어떨까싶다. 자꾸 좋은 쪽으로 생각하려 하다보면 어느 순간, 자연스럽게 여기고 있는 나를 발견하게 될 테니.

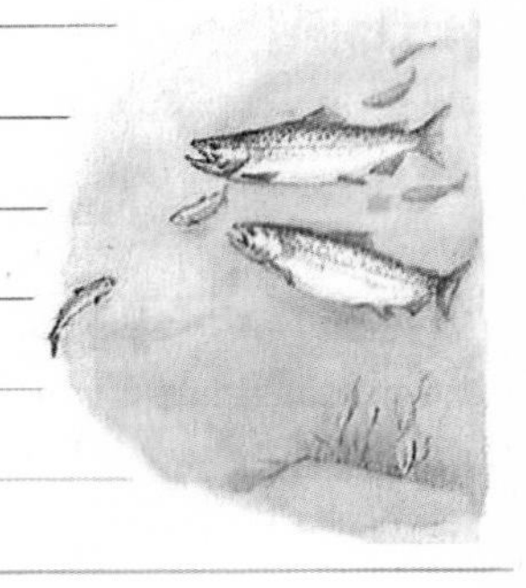

8/9

「잘 있어.」 그는 꽃에게 말했다.

그러나 꽃은 대답이 없었다.

「잘 있어.」 그는 되풀이했다.

꽃은 기침을 했다. 그러나 감기 때문이 아니었다.

「내가 바보였어.」 이윽고 꽃이 말했다. 「용서해줘. 부디 행복하게 지내.」

그는 꽃이 비난을 퍼붓지 않는 것을 보고 놀랐다. 유리 덮개를 쳐들고 그는 멍청이 서 있었다. 이렇게 잔잔하고 다정하다니 도무지 이해할 수가 없었다.

「그래, 난 너를 사랑해.」 꽃이 말했다. 「넌 그걸 알아차리지 못했어. 내 잘못이지 그런 건 아무래도 좋아. 하지만 너도 나만큼 바보였어. 부디 행복하게 지내……. 그 유리 덮개는 조용히 치워 두고. 이젠 필요 없어.」

「하지만 바람이…….」

「나는 그렇게 감기에 잘 걸리지는 않아. 시원한 밤바람이 내게 좋을 거야. 난 한 송이 꽃이야.」

「하지만 짐승들이…….」

「나비를 보려면 벌레 두세 마리는 견뎌 내야지. 나비는 참 아름다운 것 같더라. 그러지 않으면 누가 날 찾아오겠어. 너는 멀리 있을 거고. 커다란 짐승들이 온대도 난 겁날 게 없어. 나한텐 발톱이 있으니까.」

그러면서 그녀는 순진하게 가시 네 개를 내보였다. 그리고 덧붙였다.

「그렇게 꾸물거리지 마. 자꾸 마음이 쓰여. 벌써 떠나기로 결심했잖아. 어서 가.」

꽃은 우는 모습을 보이고 싶지 않았던 것이다. 그렇게도 오만한 꽃이었다…….

-p 40~41. 앙투안 드 생텍쥐페리의 '어린 왕자'

꽃은 어린 왕자를 사랑했지만 그것을 표현하지 않았다. 오히려 어린 왕자를 못살게 굴었다. 그리고 어린 왕자는 그 사실을 뒤늦게 알아차린 것이다. 어설픈 거짓말 뒤에 따뜻한 마음이 숨어있다는 것을. 내가 보기에는 둘 다 바보인 것 같다. 꽃이 자신을 마음을 숨기지 않았다면 어땠을까. 어린왕자가 별을 떠나지 않았을텐데…. 함께 행복하게 살 수 있었을 텐데. 꽃이 어린 왕자를 사랑한다고 했다. '사랑했었다'가 아닌 '사랑한다'. 사랑하는 사람을 떠나보낸다는 것은 결코 쉬운 일이 아니다. 심지어 영영 볼 수 없을지도 모르는데 말이다. 어린 왕자에게 눈물을 보이지 않으려고 빨리 가라고 한 게 오히려 잘 된 일이 아닐지 싶다. 꽃이 우는 걸 보면 어린 왕자의 마음도 편하지만은 않을테니까. 어린 왕자가 꽃이 자신을 좋아한다는 사실을 알아차렸다면 어땠을까. 꽃이 자신에게 틱틱거리고 이거 해달라, 저거 해달라 그래도 즐겁게 했을텐데. 둘은 이뤄지지 못 할 운명이었나 보다. 차라리 잘 된 일이다. 어린 왕자가 별을 떠난 것은 잘 한 일이다. 둘이 같이 있어봤자 오해만 더 늘어날테니. 서로에 대한 진심을 떠날 때가 되서야 알게 된 게 안타깝긴 하지만.

8/11

"30초는 짧은 시간이라고들 하지만 어떤 사람은 30초 때문에 인생이 바뀌기도 한단다."

"5초 먼저 가려다 50년 먼저 간다. 그런 건가요?"

제니퍼가 웃으며 말하자 조나단은 더 크게 웃었다.

"비슷하구나. 사람들은 늘 결정을 내리는 순간을 맞이한단다. 어떤 일을 결정해야 하는 순간에 딱 30초만 더 생각하라는 거야. 망설이라는 게 아니고 30초만 더 자신에게 물어 보라는 거지."

"무얼 물어봐요?"

제니퍼의 갈색 눈이 반짝거렸다.

"이 결정이 네 삶과 일에 어떤 영향을 미칠 것인지 신중하게 판단하라는 거지."

"30초 규칙은 자기 인생을 똑바로 가게 하는 데 많은 도움이 된단다. 예를 들어, 네가 어떤 사람이 기뻐 날뛰는 걸 보았다고 해 보자. 첫인상만 보고 '아, 저 사람은 쉽게 흥분하는구나.'라고 평가하고 그 사람과 깊은 이야기를 나누지 않을 수도 있지. 하지만 그 사람에 대해 30초 동안 관찰한다면 그 사람이 '다혈질적인 사람'이 아니라 '열정적인 사람'이라는 사실을 발견할 수도 있어. 그리고 그 사람의 열정이 네 삶과 네 일에 도움이 될 수도 있는 거지. 어떤 일이든 30초만 더 생각한다면 인생이 바뀔 수 있는 순간이 올 수 있는 거란다."

-p 122~123. 호아킴 데 포사다의 '마시멜로 이야기 - 아빠의 마시멜로

어떤 일을 하기 전에 30초만 더 생각해보기. 아주 간단한 일이다. 그러나 나는 지금까지 모르고 있었다. 그동안 조금만 더 생각했더라면 그러지 않았을 일임에도 불구하고 생각없이 행동해 일을 더 크게 만들거나 나쁜 결과가 되었다. 그런데 이렇게 쉽고 간단한 방법이 있었다니! 머릿속에서 종이 뎅~하고 울린 듯 했다. 지금껏 30초는 아주 짧은 시간이라고만 생각했었다. 너무 짧아 30초 동안 제대로 할 수 있는 일이 없을거라고 생각했다. 기껏해야 달리기 정도? 그러나 '30초 규칙'은 달랐다. 겨우 30초였지만 꼭 3분처럼 느껴졌다. 그 짧은 30초가 아주 많은 것을 바꾸었다. 이 '30초 규칙'은 나만 알고 있기에는 너무나도 아까운 규칙이다. 널리널리 퍼졌으면 좋겠다. 보통 사람들이 별 생각없이 툭 던진 말로 상대방에게 상처를 주는 경우가 많다. 어떤 말을 하기 전에 30초만 더 '내가 이런 말을 했을 때 상대방이 기분나빠하지 않을까?'라고 생각한다면 싸움없이 화기애애한 관계를 이어나갈 수 있지 않을까.

9/4

그리고 이런 말들도 하기 없기: "페루 인구가 몇 명이면 무슨 상관인데?" "우린 카일네 집에 여기 들러 갈 건데." "내 말은, 너도 갈 수는 있지만, 이번엔 나랑 크리스만 갈 생각이었거든." "제법이네, 네가 한 것치곤." "네가 아이스크림 좋아한다고 말한 적 없는 것 같은데." "걔한테 그 얘기 한 사람이 나라면 어쩔 건데?" "맹세해, 그렇게 세게 칠 생각은 아니었다구. 그래, 인정할게 세게 쳤다, 그래." "난 거짓말 잘해, 넌 꿈도 못 꾸겠지만." "걔한테 네 이메일 보여주지 말라고 한 적 없잖아." "그래, 잘났다." "찌질하게 좀 굴지 마." 그리고 "그래, 친구였었지. 너랑 나랑 친구였었어."

-P 81. 토드 하삭 로워의 '친구에게 차이기 전 33분'

단짝이었던 샘과 모건이 멀어지는 과정을 보여주는 것 같아 슬펐다. 모건이 일부러 샘에게 틱틱대는 것 같았다. '사실 모건은 샘과 친하게 지내고 싶지 않았던 것은 아닐까?'라는 생각이 들 정도로 어쩌면 정말 그럴지도 모른다. 샘은 모건을 자신의 가장 친한 친구라고 생각하지만 모건에게 샘은 그냥 친구일 뿐이라는 생각이 들었다. 누가 보면 사소한 말일 수 있지만 샘은 많은 상처를 받았을 것이다. 그냥 흘려들을 수도 있는 말들을 기억하는 걸 보면 저 말은 샘이 모건에게 가장 하고 싶었던 말이 아닐까? '친구였었지'라는 말이 과거형이어서 슬펐다. 모건이 그런 말을 하면 정말 자신과 친구가 되지 못 할까봐 샘은 불안했을 것이다. 차라리 그런 말을 하지 않으면 모건과 자신은 친구라고 착각이나마 할 수 있을텐데. 그래도 샘이 모건의 곁을 떠나지 않은 걸 보니 모건이 참 마음에 들었던 모양이다. 모건도 모르고 있지는 않았을 것이다. 내가 보기에는 둘은 친구가 되면 안 되는 것이었다. 킥볼 시합 때 이기면 안 되는 것이었다. 그랬더라면 이렇게 맘 상하는 일은 없었을텐데.

나현영

라이언

이름 : 나현영

생년월일 : 2001년 12월 10일

가족 : 엄마, 아빠, 오빠, 나

키 : 157cm

나의 특징

하나, 그림 그리는 것을 좋아한다

둘, 과학을 좋아한다

셋, 잠고대를 잘잔다.

넷, 방탄을 좋아한다

쓰기전 다짐

고등학교에 들어가기전 마지막으로 책을 많이 읽을수 있는 기회이기 때문에 성실하게 노력하겠습니다!

인상 깊었던 구절

나미야 잡화점의 기적 - 히가시노 게이고 지음

쇼타도 표정이 누그러들었다. "아무튼 잘됐어, 결과가 잘 나왔다니."
"맞아, 게다가 나는 정말 즐거웠어." 고헤이가 말했다.
"다른 사람의 고민을 상담해준 거, 지금까지 내 인생에서 한번도 없었던 일이야. 우연히 맞아떨어진 것이라도, 어쩌다 결과가 잘 나온 것이라도 우리한테 상담하기를 잘했다고 하니까 정말 기분 좋다. 안 그래, 아쓰야?" 아쓰야는 짐짓 얼굴을 찌푸리며 코밑을 쓱쓱 비볐다.
"뭐, 기분이 나쁘지는 않네."

– 나미야 잡화점의 기적 17p –

"결국 이 편지는 나미야 할아버지에게 보낼 수 없게 됐다." 고헤이가 말했다.
"아니, 그게 맞아. 이 편지는 나미야 할아버지가 아니라 우리한테 보낸 거잖아. 그렇지 아쓰야?" 쇼타가 말했다. "이 사람이 감사하는 대상은 바로 우리야. 우리한테 고맙다고 편지를 보내준 거야. 우리 같은 놈들한테, 쭉정이 백수인 우리한테……." 아쓰야는 쇼타의 눈을 보았다. 불그레한 그 눈에 눈물이 글썽거리고 있었다. "난 그 사람 말뿐이 아니라 … 자을 거냐고 물었을 때 그렇지 않다고 분명하게 대답했잖아. 그거 거짓말 아니야. 길 잃은 강아지라는 이름으로 상담 편지를 보냈던 그 아가씨는 절대로 거짓말을 하지 않아." 동감이었다. 아쓰야는 고개를 끄덕였다.

– 나미야 잡화점의 기적 444p –

느낀점..

평소에 책을 잘 읽지 않았는데 방학이라 조금 여유로워진 시간을 이용해서 두꺼운 책을 읽게되었다. 처음에는 지루할 줄 알고 좀 읽기에 거부감이 들었는데 읽다보니까 생각보다 더 재밌어서 계속 읽게됐다. 나같이 책이랑 거리가 먼 애들이 읽기도 괜찮은거 같다. 도둑들이 도망치다가 하루동안 지낼 폐가를 찾다가. 빈가게에 들어가게 되는데 거기서 현제와 과거 시간을 초월해서 편지를 통해 고민상담을 해주게 되는 내용이다. 요기서 도둑은 3명인데 그중 아쓰야 라는 도둑은 항상 조금 부정적이고 혼날까봐 불안해 한다. 내가 보기에는 착한 일을 할 수있는 기회도 없었던 사람이지 않았을까 싶었다. 나는 그 아쓰야라는 도둑이 제일 인상적이었다. 처음에는 그 시간을 초월해 오는 편지에 존재도 믿지 못하고 걸릴까봐 노심초사 하다가 다른 두명의 부탁으로 같이 고민상담을 해주고 "뭐. 기분이 나쁘지는 않네" 라고 할때 뭔가 뭉클하면서도 좋았다

또 여러명을 상담하다보니 어느새 도둑 3명은 상담이 아니라 진짜 진심으로 그사람들의 고민에 공감하고 때로는 눈물을 글썽이고 고민이 해결됐을때는 당사자 만큼이나 행복해 하고 있었다 그 모습이 너무 보기 좋고 나까지 뭉클하게 만들었다

인상깊었던 구절 - 빨강머리 앤이 하는말

-백영옥지음

'버킷 리스트'가 무엇이냐는 질문을 가끔 받는다. 인생에서 '버킷리스트' 같은걸 만들지 않은 게 유일한 내 버킷 리스트라고 대답하곤 했다. '버킷 리스트'를 갖지 않겠다는 건, 하고 싶은 일을 해보지 않아서 생기는 후회 없이 살겠다는 희망이었다. 사람은 해보지 못한 일에 대해 회한을 갖는다. 하지만 해본 일에 대한 후회는 (실패하더라도) 비교적 짧다. 자신이 저지른 일에 대해서는 자기합리화를 하기 때문이다. 해본 일에 대해서라면 승화라는 유책도 있다

- 빨강머리 앤이 하는말 10p -

청춘은 언제 끝날까? 20대가 끝나면, 30대가 시작되면, 청춘도 끝나는 걸까. 청춘은 누구의 말처럼 나이가 아니라 정신의 한 상태를 지칭하는 말일까. 하지만 성성한 백발에 마음만은 청춘이라 힘주어 말하며 원색 꽃무늬 원피스에 빨간 립스틱을 바른 노인을 바라보는 내 마음은 무겁기만 하다. 나이가 들면 늙고 낡아가는 건 자연스러운 일이 아닐까

- 빨강머리앤이 하는말 317p -

느낀점.

나는 예전에 원작 빨강 머리 앤을 엄마가 선물로 사줘서 몇번 읽었었다 근데 요즘은 바쁘기도 하고 책에 관심도 없어지니까 계속 잘 안읽었었다. 근데 이번에 엄마가 원작이 아닌 다른 종류에 빨강머리 앤 이 하는 말이라는 책을 사주셨다 그래서 방학때 조금 조금씩 읽었던거 같다. 처음에 읽자마자 그 부분이 기억에 남아서 적었다. 저 작가는 버킷리스트를 갖지 않는다는것은 후회만이 남겠다는 것이라고 하였다 그때 나는 엄청 찔렸다. 나는 버킷리스트도 없고 그렇다고 해서 후회만이 날자신도 없기 때문이다. 또 자신이 저지른 일을 자기 합리화하며 잊을려고 한다고 했는데 그말은 맞는거 같다. 왜 별로 안좋은 점을 얘기할때는 다 나에 해당되는것 같은지 모르겠다.

그 다음 기억에 남는 구절은 청춘에 관련된것이다. 아직 나이가 든다. 그런 생각을 하기엔 이른 나이지만 나는 얼마전이 초등학생 같은데 벌써 중학교 졸업을 앞두고 있다는게 신기하기만 하다. 그래서 예전에는 나이에 관한 생각은 하지도 않았는데 요즘은 내가 30대가 되면 머하고 살까 이런 시시콜콜한 생각을 많이 하고 산다. 엄마도 그렇고 학원쌤도 그렇고 여자는 나이가 생명 같다라고 말했다 또 30대가 되면 점점 여자대접도 받지 못한다고 했다. 그때 무슨 소린가 했는데 요즘은 이해가 될거 같기도하다. 그래서 더슬픈거같다

인상깊었던 구절 - 덕혜옹주 - 권비영 지음

"내가 조선의 옹주로서 부족함이 있었더냐."

"아니옵니다"

"옹주의 위엄을 잃은 적이 있었더냐."

"그렇지 않았나이다, 마마……"

유모의 목소리가 젖어들었다.

"나의 마지막 소망은 오로지 자유롭고 싶었을 뿐이었으니라…"

- 덕혜옹주 403p -

덕혜옹주는 학교 식수를 사용하지 않고 매일 팔팔 끓인 물을 보온병에 담아갔다. 왜 보온병을 들고 다니냐고 물었더니 "식수에 독이 있을까봐 마시지 않고 있습니다. 전 오빠(순종)처럼 독을 먹다 죽기는 싫습니다."라고 대답했다

-덕혜옹주 405p-

덕혜옹주를 조국으로 모셔가기 위해 이승만 정부에 귀환을 요청했다. 그러나 왕정복고를 두려워한 이승만은 왕실 재산을 국유화하고 왕족들을 천대했다 이씨 왕가의 자손들은 해방이 되고도 아무도 돌아오지 못하고 있었다. 다시 박정희를 만나 덕혜옹주 이야기를 청했다. 박정희가 물었다. "덕혜옹주가 대체 누구요?" 나는 대답했다. "조선의 마지막 황녀입니다"

-덕혜옹주 406p-

느낀점

연평해전과 덕혜옹주 같은 대중들에게 잘알려지지않은 역사적 사실들이 영화로 많이 나오는거 같다. 그런게 나올때마다 이런 가슴아픈 이야기들을 몰랐다는게 안타깝기도 하고 이제라도 대중들에게 알려져서 다행이기도 한 마음이다. 덕혜옹주도 이번 영화를 통해서 부끄럽지만 처음 알게 되었다. 덕혜옹주는 정말 대단한 사람인거 같다. 저런 혼잡한 시대에서도 자신에 신념을 믿고 살아갈 수 있는 사람이 과연 몇이나 될까 또 다른나라로 억지로 끌려가고 언제 누군가에 의해 죽을지 모르는 상황들속에 갇혀 얼마나 고통스러웠을까. 저런 역사적인 아픔이 왜 이제야 알려진걸까 등등 이런생각들이 책을 읽으면서 들었던거 같다.

인상 깊었던 구절 ♡

파수꾼 - 하퍼리 지음.

그녀는 그와 거의 사랑에 빠졌다.
아니, 그런 건 있을 수 없다고 그녀는 생각했다.
사랑에 빠지면 빠진거고, 아니면 아닌거다. 사랑은 이 세상에서
모순하지 않은 유일한 것이다. 물론 사랑에도 여러가지가 있기는 하지만.
어떤 경우든 사랑하거나 사랑하지 않거나, 둘중하나로 결정된다.

- 파수꾼 26p. -

헨리클린턴이 다닌 로스쿨 클래스는 똑똑하지만 유머감각은 없는 젊은
퇴역 군인들로 이루어져 있었다. 경쟁이 상당히 치열했지만 헨리는
열심히 일하는 데에는 이골이 난 사람이었다. 학업은 잘 따라가면서
수행해 낼 수 있었지만, 실용적 가치가 있는 것은 별로 배우지 못했다
헨리가 대학교에 다니며 믿을 수 있는 것이라고는 미래 앨라배마의
정상배, 선동 정치인, 정치가와 친구를 맺을 수 있다는 점뿐이라는
애티커스 핀치의 말이 옳았다

- 파수꾼 78p ~ 79p ^ -

느낀점

왜 어떤 경우든 사랑하거나 사랑하지 않거나로 결정나는 걸까.
나는 솔로지만 이성을 사귀본적이 없어서 그런지 사랑하거나 사랑하지 않거나의
중간 감정만 항상 느껴왔다. 그래서 뭐가 사랑에 빠진건지 아닌건지 구분할 수 있는
힘이 없다. 그래서 저런 말이 더 내마음속에 들어왔던거 같다.

7등P~7등P는 억울하지만 현실인거 같다. 내 주위에도 수업시간에 태도나 평소에
하는 걸 보면 당연히 성적이 잘나올거 같은 애들에 실제 성적은 노력보다 훨씬 낮고
게으른 애들 중에 성적이 훨씬 잘나오는애들도 있다. 그런 살짝 불공평한 상황 속에서
대학을 가도 실질적으로 모든 수 없다는게 너무 허무할거 같다.
예전에 보여줬었던 스티브잡스의 강의 내용이
떠올랐다. 대학의 실질적 이유를 몰라 포기
하고 자신에 꿈을 쫓아가 성공한 스티브 잡스가
대단하다고 한번더 느끼게 되었다.

인상깊었던 구절

모두 깜언~ 김중미 지음.

아버지의 사망소식이 전해졌을때, 할머니는 울지 않았다.

그러나 한밤중이면 할머니 울음소리가 들렸다. 남몰래 웬이나 우는게아니라

자면서 울었다. 할머니 울음소리는 가을 밤 컹컹 우는 너구리 울음소리 같았다.

무서워 할머니를 흔들어 깨우면 할머니는 자기가 울었다는걸 알아채지 못했다.

- 모두 깜언 39p -

나도 그때 친구들도 언제까지나 내편일수 없다는걸 알게 되었고,

비로소 내울타리에대해서도 자각하게 되었다

- 모두 깜언 41P -

느낀점

나는 누군가의 죽음을 직접적으로 경험하지 못했다.
3PP를 읽으니까 2년 전쯤 증조할머니가 돌아가셨는데. 그때 외할머니 집에 내려가서
1박 2일을 보내며 장례를 치른 적이 있었다. 그때 장례라는걸 처음 가봤다. 죽음이란걸
직접 대면해본 날이기도 했다. 장례를 치른날에는 아무도 울지않고 그냥 숙연한 분위기 였다
근데 둘째날 아침에 모여 절을하는데 갑자기 외할머니께서 '엄마. 엄마' 하며 우는것이었다.
그리고나서 상관쓰지 말라며 방에 들어가셨는데 처음 느껴보는 느낌 이었고 죽음이 더욱 무섭게
느껴졌다. 어른들은 어렸을때 다 강하다고 생각했는데 사실 아무리 나이가 많은
어른이어도 그들은 사람이다. 사람이라면 울고 싶을 때도 있고 칭얼 대보고도 싶겠만
어른 이라는 이름으로 참는다. 곧 나도 그런 나이가 되겠지..

지금나이때에는 가족보다 친구에게 의지가 되는것은 맞는거
같다. 사실 가족보다 친구를 보는시간이 훨씬 많으니 당연
한 일일 수도 있다. 하지만 언젠가는 내편이었던 친구
들도 다 떠나가고 소중히 안생각했던 가족만 남아 그때
서야 가족에 대해 알게 될까봐 무섭다.

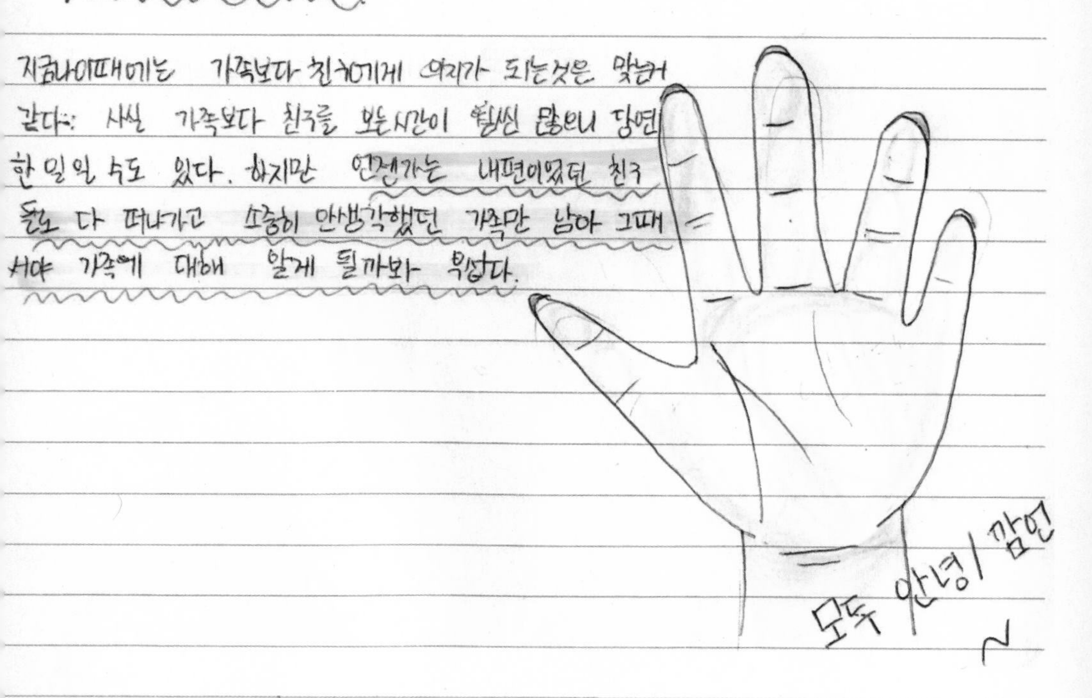

노유정

다채(多彩)

ryjooo1@naver.com

노유정

ROH Y J

호그와트 슬리데린
6학년 (16세)

패션디자이너
지망생

다채 (多彩, COLORFUL)

다채로운 사람이 되자

✓ 이 책의 이름 : 다채

↳ 합쳐지면 조화를, 흩어지면 개성을 나타내는 수 많은 다채로운 색들 같은 사람이 되고 싶어서 <다채로운> 에서의 '다채'를 따와 이름붙였다.

✓ 좋아하는 것

↳ 슬리데린, 옷, 드라마, 펜, 과일, 노래, 역사

✓ 버킷리스트

↳ 부모님과 세계여행

↳ 세계의 전통의상 모으기

↳ 누군가에게 존경받는 사람 되기

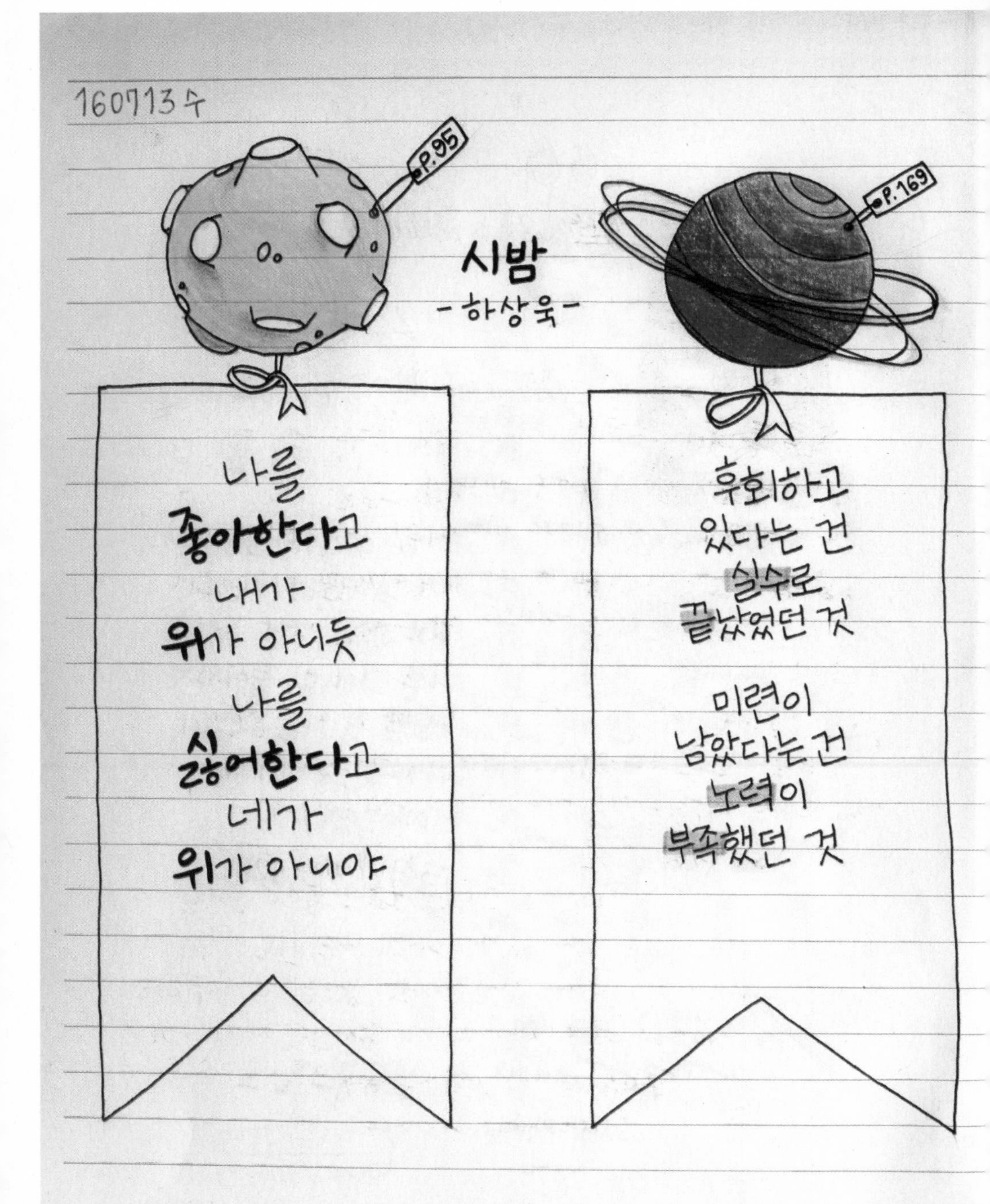
160713 수
P.95
P.169
시밤
-하상욱-
나를
좋아한다고
내가
위가 아니듯
나를
싫어한다고
네가
위가 아니야
후회하고
있다는 건
실수로
끝났었던 것
미련이
남았다는건
노력이
부족했던 것

SNS를 통해 알게 된 '시읽는 밤'의 작가,
시인 '하상욱'은 다른 시인들과 다른 느낌을 가지고 있다
독자에게 즐거움을 주고, 조금 더 현대인·운율과 친한
느낌을 준다. 그렇기에 더 공감할 수 있는 시를 쓰실 수 있는
것 같다. 앞장에 적힌 두개의 짧은 시는 내가 '시밤'
중 가장 좋아하는 시이다. 좌측의 시는 인간관계에서
많이 공감되는 내용이고, 우측의 시는 평소 내 작심삼일
마인드를 기반으로 한 많은 행동들을 비판하는 내용이라
생각한다. 몇몇 사람들은 다른 무거운 시들에 비해
조금 가벼운 내용과 짧은 길이를 가진 이 시를 나와 다른
시선으로 볼 수도 있다. 하지만 외관만 보고 작품의 깊이를
판단하지 말아 주었으면 한다. 왜냐하면, 나는 시는 읽는 이의
생각에 따라 작품의 깊이가 결정된다고 생각하기 때문이다.
마지막으로, 나에게 이 두 시는 자신의 감정만을 신경쓰느라
남을 신경써주지 못하는 이기적인 사람과, 자신을 만족시키지
못하는 사람을 대상으로 한 시라고 생각한다. 그러니, 만약
독자 중 나를 포함해 이러한 사람들이 있다면 반성하고
되돌아보며 고칠 수 있기를 바란다.

160727 수요일

나는 이제 좀 행복해져야겠다

저자 · 정현재 (페리테일)

그런데 높은 곳이 끊임없이 보이는 거다.
이곳에 오르면 저 곳이 높아 보이고
저곳에 오르면 더 높은 곳이 보이더라.

그래서 계속 올랐다.

(중략)

가장 높은 곳에 올랐다고 생각할 즈음,
나는 이곳이 좁게 느껴졌다.
더 넓은 곳이 필요하다고 생각했다.

(중략)

그러는 사이 해가 저버렸다.
가장 높은 곳에서
가장 넓은 곳에서
가장 어둡게 서 있는 나가 있었다

그리고 다시 보니
그 곳은 가장 높은 곳도,
가장 넓은 곳도 아니었다.

내 의견 · 생각

나는 내가 좌측에 적은 글이 이 책의 제목인
<나는 이제 좀 행복해 져야겠다>와 가장 잘 어울린다고
생각한다 성공과 욕심에만 초점을 둔 채 살아서 아무리 그
목표를 이룬다 '하더라도 행복이라는 감정만은 쉽게 가질 수
없다는 내용이 '이제부터는 행복에 초점을 두고 살아보자'라고
들리기 때문이다 또한 '이곳에 오르면 저 곳이 높아보이고,
저 곳에 오르면 더 높은 곳이 보이더라'라는 말과
'그 곳은 가장 높은 곳도, 가장 넓은 곳도 아니었다'라는 말은
탈무드의 '승자의 주머니 속에는 꿈이 있고, 패자의 주머니
속에는 욕심이 있다'라는 말과 비슷하다는 생각이 들었다
나는, 조금의 적당한 욕심은 꿈을 향해 달려나갈 수 있게 해 주는
발판이 되어 주고, 과한 욕심은 있던 바닥도 무너트려
나 뿐만이 아닌 남에게까지 피해를 입힌다고 생각한다
그러니 세상의 모든 사람들이 개인의 욕심의 양을 조절할 줄
알게 되어 나와 남에게 유해한 존재가 되지 않았으면
좋겠다고 생각한다

노인과 바다

- 어니스트 밀러 헤밍웨이 -

"그렇지만 나는 정확하지 다만 운이 없을 뿐이야
하지만 누가 알아? 오늘은 운이 좋은 날일지.
아무튼 하루하루가 새로우니까
날마다 행운이 오면 좋겠지만,
난 운을 기다리는 것 보다 정확하게 하는게 더 좋아
그래야 행운이 올 때 놓치지 않을 테니까"

- 46쪽 -

"아무것도 아닌 건 없어!"
노인은 큰 소리로 말했다.
"다만 내가 너무 멀리 나간 탓이야"

- 197쪽 -

나는 이 책을 초등학교 6학년 쯤에 추천을 받아서 구매하였다
그러나 그 당시의 나에게는 이 책이 지루하게만 느껴졌었다
그러나 시간이 지난 후 다시 이 책을 읽어보니, 그 당시 보지 못하고
넘겼던 좋은 말들이 눈에 들어오는 것 같다.
예를 들면 좌측의 글 같은 것들 말이다
'행운보다 정확성을 추구하는 노인은 행운이 정확성을 가져다
줄 것이라 생각해서 많은 노력을 하지 않았던 나와는
대조되는 사람이었다. 그리고 글을 읽으며 객관적인 시선으로
바라보니, 누가 봐도 내가 아닌 노인이 맞을 것이라는 생각이
들었다 그래서 이 글은 내 마음가짐을 바꾸는 데 도움이 되었다
또한, 좌측 하단의 글은 '모든 일은 경험이 될 것이다'와 좋은 말과
비슷한 것 같다. 개인적으로 이 글은 크게 와닿는다기 보다는
그냥 '아무것도 아닌 것은 없다'라는 표현이 마음에 들었었다
내가 이 책을 읽음으로서 힘든 일은 경험이 될 것이라 생각하며
잘 넘기고, 행운을 얻기에도 노력이 필요하다는 것을 깨달았으면 좋겠다

아무것도 아닌 건 없어!

미움받을 용기

기시미 이치로 · 고가 후미타케

'변할 수 있는 것'과 '변할 수 없는 것'을 구분해야 하네.
우리는 '태어나면서 주어진 것'에 대해서는 바꿀 수가 없어.
하지만 '주어진 것을 이용하는 방법'에 대해서는
내 힘으로 바꿀 수가 있네. 따라서 '바꿀 수 없는 것'에
주목하지 말고, '바꿀 수 있는 것'에 주목하란 말이지.
내가 말하는 자기수용이란 이런 거네.

⋮

교환이 불가능함을 받아들이는 것.
있는 그대로의 '이런 나'를 받아들이는 것.
그리고 바꿀 수 있는 것을 바꾸는 '용기'를 낸다
그것이 자기수용이야

⋮

우리는 능력이 부족한 것이 아니라네.
그저 '용기'가 필요한 거지.
모든 것은 '용기'의 문제라네.

-261~262쪽-

10

나는 '미움받을 용기'라는 책의 제목이 매우 마음에 들었다. 평소 다수의 사람들이 미움받을 용기가 없어서 할 말을 못한 채로 손해를 안고 살아간다. 그리고 그 다수의 사람들에는 나도 포함되어 있다. 그래서, 이 책을 통해 미움받을 용기를 얻기 위해 구매하여 읽어보았다. 그렇게 책을 읽던 중, 나는 좌측의 글이 눈에 들어왔다. 솔직히, 나는 평소 노력은 별로 하지 않은 채로 큰 성과물을 원해왔다. 그래서 나는 이 글이 특히 마음에 들었던 것 같다 특히, 마지막의 말들이 공감갔다. 내 성과물, 결과물이 원하는 만큼 뛰어나지 못 한 것은 결코 내 능력이 부족한 것이 아니었다. 그것은 모두 '할 수 있을것이라는 용기, 그리고 노력의 문제였다. 내가 이 글을 머릿속에 새기고 살아가면 더 나은 삶을 살아갈 수 있을 것이다

위대한 개츠비

F. 스콧. 피츠제럴드

가장 기괴하고 환상적인 생각은 밤에 잠자리에
들었을 때다. 세면대 위에 놓인 시계가 째깍째깍
소리를 내고, 바닥에 엉망으로 벗어 던진 옷 위로
달빛이 젖어들면 말로 표현할 수 없을 정도로
현란한 우주가 머릿속에 펼쳐진다
밤이다 환상의 세계는 커져만 가고 결국은
쏟아지는 졸음이 엄습하니 그를 감싸면서 생생한
광경은 사라져간다 이러한 몽상은 한때 그의
상상력의 분출구가 되었다
<현실이야말로 현실이 아닌 것이다> 라고 속삭이며
그를 만족시켜준 것도 몽상이었다
또 세상이란 마치 요정의 날개처럼 덧 없는 것이라고
약속하는 것도 몽상이었다

-166쪽-

11

좌측의 글은 '위대한 개츠비' 중 한 부분이다.
나는 이 글이 어느정도 공감이 되면서도 안타까웠다.
먼저, 공감이 된 이유는 '달빛이 젖어들면 말로 표현할 수
없을 정도로 현란한 우주가 머릿속에 펼쳐진다'
이 부분이 소위 말하는 '새벽감성'을 의미하는 말이고,
나 역시 새벽에는 다양한 상상을 하기 때문이다.
또한 이 시간대에는 감성에 젖어들어 평상시보다 다양한
글을 쓸 수도 있다. 그리고, 내가 안타까움이라는 감정을
느끼는 이유는, '현실이야말로 현실이 아닌 것이다'라
생각하며 부족한 현실에는 만족하지 못한 채
몽상으로서 모든 것을 (부족한 것 모두) 충족시키려 하는
주인공이 어찌 보면 불쌍하기 때문이다
만약 현실이 부족해서가 아닌, 충분하지만
더한 만족을 위해 몽상을 한 것이라면
굳이 '현실이야말로 ~ 것이다'
라는 말을 하지 않았을 것이기
때문이다. 하지만 나 역시
어느정도는 그의 말에 동의하고
있다는 것은, 나 역시 부족함을 느끼기
때문일 것이다. 책 속의 그도, 나도,
부족함을 현실에서의 행동 즉 노력으로
채워가면 좋겠다.

관계의 힘

레이먼드 조 지음

"인간을 움직이는 것은 마음이고, 마음의 심장은 바로
자존심이네. 자존심을 위해서라면 무슨 짓이든 하는
존재가 인간이지. 한번 생각해보게나. 자네가 그토록
성공에 집착하는 이유는 무언가? 돈을 벌기 위해서인가,
아니면 자신의 가치를 입증하기 위해서인가?"
신은 아무런 대답도 하지 못 했다. 신은 돈을 무척 좋아했지만,
꼭 그것 때문에 성공하고 싶은 것은 아니었다
-115쪽-

자네는 인생을 게임이라고 말했지.
하지만 인생에는 승리도 패배도 없네
인생의 유일한 승리자는 오직 행복한 사람이라네
:
행복은 관계에서 나오는 것
임을 기억해주길 바라네
-261~262쪽-

느낀점 :)

12

이 책의 작가인 '레이먼드 조'는 내가 한 때 좋아했던
책인 '바보 빅터'의 작가와 동일인물이다. 그래서 이 책을
구매하게 되었다. '관계의 힘'은 책 이름에 걸맞게
사람과 사람 사이의 관계의 중요성과, 관계를 이어나가는 방법을
소설로서 풀어나간다 그 과정에서 좋은 글이 많이 나오는데,
나는 특히 파축의 글 2개가 인상적이었다
성공을 해야 하는 이유에 대해 진지하게 고민하게 해 주는
첫번째 글과, 관계가 내게 중요한 이유를 다시금 일깨워주는
두번째 글은 인간관계에 지쳤지만 결코 놓아서는 안된다고
느끼게 해 준다. 두번째 글의 등장인물의 말 처럼,
인생은 게임이 아닌 인생 그 자체로서 나를 위해 살기도
해야 하며, 나를 위한 것은 '관계'이다
앞으로도 관계의 중요성을 잊지 않고 살아가고 싶다

백세인

miracle

경찰증 (police officer card)

성명 : 백세인

생년월일 : 2016 . 06 . 20

(사진에서 제일 오른쪽 ,

증명사진이 없어 이 사진씀)

특징 : 엄청난 엘리트 !!

좋아하는 것 : 가족 , 짱아 , 음식

싫어하는 것 : 가지

가족관계 : 언니 , 엄마 , 아빠 , 여동생

좌우명 : 뭐든지 긍정적으로 !!

* 이증을 소유시 가까운 파출소에 맡겨주시면 감사하겠습니다 *

부산 해운대 경찰서

경찰이 되고싶은 이유는 ?

황정민이 나온 '베테랑'이라는 영화를 보고 힘이 없는 사람들을 도와주는 형사가 너무 멋있었다! 힘 없어 정치인이나 사장이 횡포를 부리는데도 신고하지 못하는 사람들을 도와주고 싶다 ♡

나미야 잡화점의 기적 - 히가시노 게이고 P. 327~8

당신이 음악 외길을 걸어간 것은 절대로 쓸모 없는 일이 되지 않습니다.
당신의 노래로 구원받는 사람이 있어요
그리고 당신이 만들어낸 음악은 틀림없이 오래오래 남습니다.
어떻게 이말을 할수 있느냐고 묻는다면 대답하기가 곤란하지만.
아무튼 틀림없는 얘기에요
마지막까지 꼭 그걸 믿어주세요
마지막의 마지막 순간까지 믿어야합니다
그 말 밖에는 할수가 없네요.

- 나미야 잡화점이 생선가게 뮤지션에게 -

Oeuf sur le plat

나미야 잡화점

고민

페잉번수

길잃은 강아지

A

느낀점 !!

나는 이책을 인터넷 매체를 통해 처음 접하게 되었다. '얼마나 재밌길래 인터넷에 올라왔을까?' 하는 생각을 안고 다음날 신세계에서 이책을 샀다 총 5장으로 구성되어 있고 신기한 점은 이 다섯장에 나오는 인물들이 모두 연관이 있는 사람들이다 나는 이 5장중에 많은 편지 내용이 들어간 제 2장 '한밤중의 하모니카를'을 가장 여러번 읽었다. 음악을 하고 싶어하는 가쓰로는 생선가게를 물려받아야 하는 현실에 부딪혀 괴로워하다 나미야 잡화점을 알게되고 끝내 뮤지션의 길을 걷는다 나는 이 장을 읽으면서 가쓰로의 부모님이 존경스러웠다. 처음에는 반대했던 부모님이지만 시간이 지나면서 가쓰로의 꿈을 응원하며 주위 사람들이 뭐라해도 꿋꿋히 도와준다. 만약 나의 자녀가 음악을 한다면 나는 반대를 할수도 있다. 그러나 나의 자녀가 정말 간절하게 하고 싶어한다면 음악을 하라고 해줄것이다. 아이의 인생은 내 인생이 아니다. 내가 과거에 하고싶었던 것이 아닌 아이 자신이 진정으로 하고싶은 일을 해야한다 그래서 나는 이책을 어린아이를 둔 엄마나 현실에 부딪혀 꿈을 포기해야 할 처지에 놓인 청년들에게 추천하고 싶다!

할머니가 미안하다고 전해달랬어요

– 프레드릭 배크만 P 44

" 아직 어린애라는 건 나도 알아, 마르넬! 하지만 다른 머저리들은 전부 다 합쳐도 걔는 못따라 간다니까! 그리고 이건 내 유언장이고 자네는 내 변호사잖아. 내가 시키는 대로 해"
엘사는 문앞에 서서 숨을 참는다.
그러다 할머니가 " 아직은 얘기하고 싶지 않으니까 그렇지! 모든 일곱 살 짜리에게겐 슈퍼 히어로가 있어야 하니까!" 라고 했을 때 눈물로 축축해진 그리핀도르 목도리를 들고 천천히 걸음을 옮긴다.
엘사의 귀에 들린 할머니의 마지막 말은 이거다. " 모든 일곱 살 짜리에겐 히어로가 있어야 하니까 내가 살날이 얼마 안남았았다고 알리고 싶지 않은거야, 마르넬. 암 같은거 걸리면 슈퍼히어로가 아니잖아."

느낀점!!

이 부분은 내가 이 책을 보았을 때 가장 슬픈 부분이다. 할머니가 죽을 것을 알게된 일곱살짜리 아이의 마음은 얼마나 슬플까? 그것도 나와 가장 친한 할머니의 죽음이다. 아이의 슬픔이 상상이 되지 않는다. 다행히도 나의 친할머니와 외할머니는 모두 살아계신다. 하지만 나는 이 책의 주인공인 엘사처럼 외할머니와 친하지 않다. 내가 애교가 없는 편이기도 하고 자주 만날 시간이 없기 때문이다. 그래서 책을 읽으며 주인공이 부럽다는 생각도 했다. 할머니와 엘사는 정말 친한 것 같다. 나도 그 둘처럼 될 수 있을까? 오늘 집에가서 할머니께 문자를 보낼 것이다. 할머니에게 문자를 보낼 수 있을때 자주 보내야 겠다! ♡

〈 할머니께 〉

할머니 저 손녀 세인이에요! 더운 여름이 지나고 선선한 가을이 오고 있어요!! 잘 지내고 계시죠? 연락 잘 못하고 자주 못찾아뵈서 죄송해요 ㅠㅠ 그래도 항상 마음만은 옆에 있다는 거 아시죠?♡ 전에 도고기 먹으러 갔을 때 너무 좋았어요. 할머니와 진로에 대해 얘기도 하고 조언도 얻고 유익한 시간 이었습니다. 얼른 추석되서 맛있는 것도 먹고 또 이야기 하고 싶어요♡ 얼른 추석때 봬요. 사랑하는 할머니! 할아버지랑 오래 오래 만수무강 하세요 사랑합니다 ~♥♥

- 손녀 백세인 드림 -

할머니 사랑합니다.

오래 오래 사세요! ♡

할 머 니

The Giver - 기억 전달자

- 로이스 로리

"하지만 이 기억은 정말 좋았어요 왜 이기억을 기억 전달자님께 가장 좋아하는지 알겠어요 . 그렇지만 그 기억 전체에서 오는 느낌에 적당한 단어는 알 수 없었어요 방 안에 아주 강하게 퍼져 있던 느낌 말이에요"
" 사랑이야 "
기억 전달자가 조너스에게 말했다.
조너스가 따라했다.
" 사랑 "

-P. 213

"저는 사랑이라는 느낌을 좋아하게 되었어요."

-P. 215

* 위에 나오는 '이 기억' 이란 ?
사람들로 가득한 방안에 벽난로는 불꽃이 이글거렸다
식탁에는 번쩍거리는 황금 촛대 , 음식냄새와 시끄러운 웃음소리.
노란색 털이난 개가 마루에 잠들어 있고 아이들은 한명씩 선물 꾸러미를 받고 있다.

느낀점 !!

우리 시대에 사랑이란 남녀 관계의 사랑뿐만 아니라 가족끼리의 사랑, 아우끼리의 사랑, 친구끼리의 사랑등 많은 종류의 사랑이 있다 나는 이 책을 읽으며 많은 종류의 사랑을 느끼지 못하는 시민들이 불쌍하게 보였다 사랑은 사람과 사람사이에 느끼는 정이다 조너스가 살고 있는 사회는 사랑이 없다 즉 사람 사이에 오가는 정이 없다 우리 사회에 정이 없다면 어떨까 사람들 사이에 후한 인심도 없을것 이고 다들 개인주의에 빠져 다른 사람을 도와주지도 않을 것 이다 이 보다 더 끔찍한 일은 없다. 이것을 통하여 나는 사랑이라는 감정의 소중함을 느꼈다 어떤 면으로 보면 사랑이 우리 사회를 돌아가게 하고 있는 것이다. 사랑의 힘은 정말 대단하다 사회는 물론 초인적인 힘을 발휘해 사랑하는 사람을 구한 이야기는 감탄하지 않을 수 없다 그래서 나는 모두를 사랑하고 도울 수 있는 사람이 되고 싶다!! 언제나 그들이 위험할 때 달려와 구하고 나보다 약하고 힘든 사람을 돕고 싶기 때문이다.

사람 소리 하나

- 글 김상현

오늘 하루 나를 둘러싼
많은 일들이 있었다

기분 나쁜일 조금
화나는 일 조금
속상한일 조금

그리고 그 모든 일들을 녹여주는
한 마디 말도 있었다

"(덕분에 참 괜찮은 하루였어요)"

-P. 41

느낀점 !!

보기에는 몇 글자 안되는 짧은 문구이지만 내가 받은 감동은 어마어마 하다 이 글을 처음 읽었을 때 내가 왜 그랬는지 모르겠지만 방에서 펑펑 울었다. 아마 그날에 힘든 일이 있었는데 딱 마지막 문장을 보고 감정이 북받쳐오른 것 같다 '덕분에 참 괜찮은 하루였어요' 아직도 이 문구를 보면 마음이 싱숭생숭 움직이는 느낌이다 마치 오늘 하루 나의 고생을 다 안다는 듯이 힘을 내라고 말을 한다. 글은 참 신기한 능력을 가지고 있다. 자음과 모음을 조합해 몇 글자 안되는 문구를 만들었을때 그 문구가 죽고 싶어 하는 사람을 달릴 수도 있기 때문이다. 그래서 나는 나이가 조금 들고 많은 경험을 해보았을 때 나의 이름으로 된 책을 내고 싶다. 나의 글을 읽고 많은 사람들이 삶에 대한 희망을 얻고 자신들의 꿈에 더 다가간다면 정말 기분이 좋고 뿌듯할 것이다. 그리고 그 책은 내가 죽었을 때 나의 후손에게 대대로 읽혀졌으면 좋겠다. 너희 할머니가 이렇게 대단한 사람이라고 자랑하면서 말이다 :)

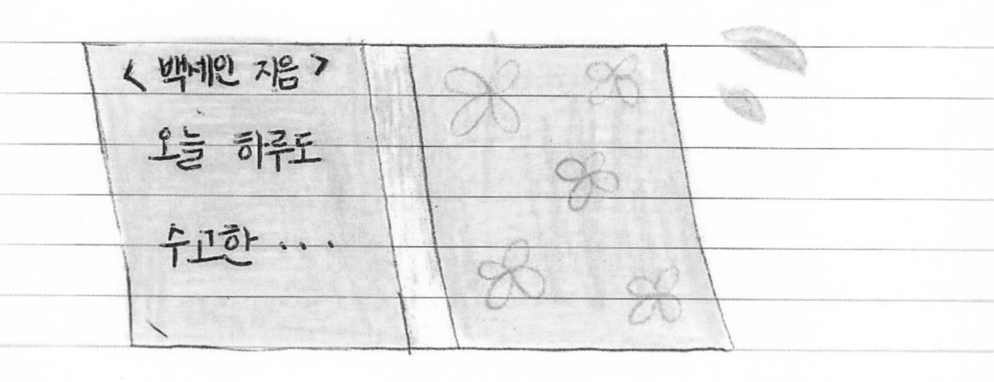

선명주

star's story

나의 프로필

성명 : 선명주
출생 : 2001. 7. 26
좌우명 : '노력하고, 배려하자!'
장래희망 : 간호사
좋아 하는 것 : 초콜렛, 노는 거
싫어 하는 것 : 벌레, 시험치는 것.

〈내가 가고 싶은 장소〉

↳ 나는 볼리비아의 '우유니 사막'에 가보고 싶다.

Q. 그 이유는?

↳ 소금 사막에 비치는 하늘의 경치, 밤이면 하늘과 땅에서 수 많은 별들을 볼 수 있기 때문이다.

〈나의 다짐 글〉

- 나를 발전 시키기 위해 열심히 공부하고, 책도 많이 읽으려고 노력할 것이다. 특히 고등학교 대비를 위해 영어 단어를 최대한 많이 외워둘 것이다.

〈인상 깊게 읽었던 책〉

- 오페라하는 남자
- 책만 보는 남자
- 에드워드 툴레인의 신기한 여행
- 꿈꾸

「문학」 02

2016. 8. 2. 화

날씨: 비가 오고 천둥, 번개가 쳐서 이 소설 결말과 비슷한 분위기

'할아버지는 이렇게 말했다. 단 하루도, 1분 1초도 미래나 과거를 생각하는 데 허비하지 말고 현재를 살아가는 데 집중하라고. 용감한 전사가 되라고 말이다.'

'그녀는 마치 성스러운 장소에 있는 사람처럼 소리 죽여 속삭이고 있었다. "사람의 일생을 보는 것 같지?" "일생이라고?" 그녀는 그의 말이 무슨 뜻인지 알면서도, 고개를 돌려 다시 소년을 바라보았다. "강의 일생일 수도 있고?" 그의 눈은 수평선에 고정되어 있었다.

"강은 여기에서 태어나서, 자신에게 주어진 거리만큼 흘러가지. 때로는 빠르게 때로는 느리게, 때로는 곧게 때로는 구불구불 돌아서. 때로는 조용하게 때로는 격렬하게, 바다에 닿을 때까지 계속해서 흐르는 거야. 난 이 모든 것에서 안식을 찾아." "어떻게?"

"강물은 알고 있어. 흘러가는 도중에 무슨 일이 생기든, 어떤 것을 만나든 간에 결국엔 아름다운 바다에 닿을 것임을. 알고 있니? 결말은 늘 아름답다는 것만 기억하면 돼."

"하지만 죽음은 아름답지 않아."

그녀는 할아버지를 생각하며 말했다.

"아름답지 않은 건 죽음이 아니라 죽어가는 과정이겠지."

팀 보울러 - 리버보이 중 82p, 192p

RIVER Boy

첫 번째로 선택한 문장은 바로 할아버지께서 제스에게 한 말씀이다. 요즘 들어서 자주 과거의 일에 얽매이거나 미래에 대해 걱정이 많아진 난 제스의 할아버지 말을 새겨 읽었다. 이 말은 나 뿐만 아니라, 지금도 과거나 미래에만 얽매여서 정작 중요한 현재에 전혀 신경쓰지 못하고 있는 여러 사람들이 꼭 읽어야할 글 인것 같다. 할아버지 말씀대로 현재를 살아가는 데 더 집중하면, 미래, 과거를 걱정하는 겁쟁이에서 벗어나서 자신감을 얻은 용감한 전사가 될수 있지 않을까?, 하는 생각이 들었었다.

두 번째 문장들은 리버보이와 제스가 나눈 대화인데, 리버보이는 바다로 흘러들어 가기 위해 힘든 과정과 고통을 겪는 강을 인생에 빗대어 표현하였다. 나는 하나의 강줄기가 드넓은 바다로 흘러들어가는 모습을 상상하며 정말 강은 인생같다는 생각이 들었다. 내 생각에는 리버보이는 '죽음'이라는 것도 아름답다고 생각하는 것 같다, 왜냐면, 그는 모든 결말은 아름답다고 했기 때문이다. 나는 리버보이랑 생각이 좀 달랐다. 오히려 죽어가는 과정, 즉 중간과정이 더 아름답다고 생각한다. 내가 살아왔던 과정, 죽기 전 내가 쌓아온 업적들이 아름답다고 생각한다. 어쨌든 리버보이의 생각과 나의 생각이 달라서 이 부분에 관심이 갔던 것 같다.

「그림 강연」 • 4

2016. 8. 12. 금

날씨 : 이 책 속의 날씨는 모르겠으나, 현재 날씨 매우, 엄청 덥다.

「기일 씨가 베이컨의 그림이 불편하다고 느꼈던 것은 공포스럽고 잔인하게 보이는 그림의 폭력성 때일 텐데, 베이컨은 이런 반응에 대해 매우 놀라워했어요.
"우리의 삶이 내가 그리는 것보다 훨씬 폭력적이지 않습니까?" 라면서요.」

「이 그림이 많은 사람들의 사랑을 받는 이유가 바로 그 때문입니다. 크리스티나의 모습에서 자신의 모습을 보기 때문이죠. 남자건 여자건 나이가 많건 적건, 어느 나라 사람이든… 누구나 갈망하는 무언가를 하나쯤은 갖고 있잖아요. 그리고 그것에 닿기 위해 고군분투하는 외롭고 고독한 자아가 있고요. 바로 이 지점에서 감상자가 그림에 빠져들게 되는 거죠.」

「르네상스의 위대한 업적 중 하나인 원근법을 발견한 건축가이자, 준세이와 아오이가 10년 뒤 만나기로 약속한 장소인 피렌체 두오모의 돔을 설계한 인물이에요. (생략) 당시에도 멀리 떨어질수록 형태가 작게 보인다는 것은 누구나 다 아는 사실이었지만, 브루넬레스키는 이를 수학적으로 계산해낸 최초의 인물이었어요.」

이혜정 · 한기일 - 명화 남녀 중 119p, 272p, 320p

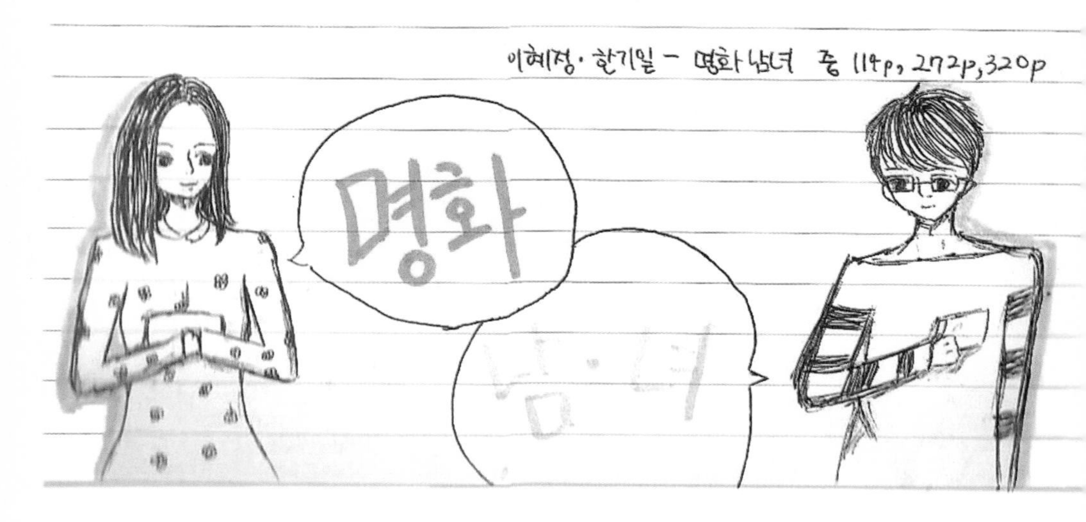

첫 번째 문장에서 인상 깊었던 문장은 바로 화가 베이컨이 말한 "우리의 삶이 내가 그리는 것보다 훨씬 폭력적이지 않습니까?"라는 부분이다. 이 책에서 처음 베이컨의 그림을 보았는데, 베이컨의 그림은 거의 잔인하게 묘사된 인물을 표현한게 대부분이었다. 다른 화가들에 비해 훨씬 잔인하고 어두운 그림체였는데, 이런 자신의 그림을 보고, 자신의 그림보다는 우리의 삶이 더 잔인하고 폭력적이다는 말이 소름이 돋았었다 이 말을 읽고, 우리의 삶이 얼마나 잔인한지 다시 깨닫게 되었다.

두 번째 문장은 '크리스티나'라는 기어가고 있는 여인의 모습에서 우리의 모습을 보았기 때문에 그 그림이 인상 깊고, 또 기억에 남는다는 것이다. 그 그림에 기어가는 '크리스티나'라는 여인은 집을 향해 기어가며 그 모습이 외로워 보이기도 하고, 또 불쌍해 보인다. 마치 무언가 갈망하는 것에 닿기 위해 온 힘을 다하는 여인의 뒷모습에서 우리의 모습을 보아 빠져들게 된다는 말을 읽고 충격이었다. 그림에 그려진 여인의 시점이 된 것 같아 더욱 충격이었다. 그래서 이 문장은 나에게 강한 인상을 남겨주었다.

세번째 문장이 인상 깊었던 이유는, 감성적이거나 그런 이유가 아니라, 그냥 지금까지 당연하다고 믿었던 사실을 한 순간 깨버렸기 때문이다.
원근법은 그냥 미술가가 창조해낸 그림 기법 중 하나 인줄 알고 있었으나 그게 아니었다.
바로 브루넬레스키라는 건축가가 최초로 창조해낸 기법이었다는 것이다. 그리고 또 멀리있는 물체가 가까이 있는 물체보다 작게 보인다는 것을 수학적으로 표현해낸 사람 이라고도 한다.
난 여기서 의문을 가졌다. 어떻게 원근법을 수학적으로 표현해 냈다는 건지.
어쨌든 이 문장이 나에게 새로운 지식과 의문을 들게하여 인상이 크게 남았었다.

「자연」 • 13

2016. 9. 10. 토

날씨: 비가 왔었으나 곧 밝게 개었

「"그 사람이 손자들에게 이렇게 말하는 걸 들었지. 그것은 아무리 배가 고파도 밤 한 톨을 화로에 묻는 것과 땅에 묻는 것의 차이라고 말이지. 화로에 묻으면 당장 어느 한 사람의 입이 즐겁고 말겠지만, 땅에 묻으면 거기에서 나중에 일 년 열두 달 화로에 묻을 밤이 나오는 것이라고. 」

「"예, 할아버지. 나무야, 고마워. 이렇게 너의 열매를 줘서."
작은나무도 아이를 향해 온몸의 가지를 흔들어 보였다. 그것은 이제까지 경험해 보지 못한 감동이었다. 작은나무의 가슴이 활짝 열리고 그 안에 평생 얼굴을 떠올리며 이름을 부를 친구가 들어온 것이었다. 」

이순원 - 나무 중 34p, 165p

이 소설의 주인공은 나무들이다. 그 중 '할아버지나무'가 자신의 손자나무인 '작은나무'에게 말해주는 내용 중 일부이다. 이 부분이 왜 인상 깊었냐면, 할아버지나무를 심어준 집주인에 대한 이야기였는데, 그 당시 흉년이 들어 먹을 것도 없었으나, 밤 몇 톨을 주어 화로에 구워 먹지 않고, 지혜롭게 땅에 묻어서 일 년 열두 달 화로에 묻을 밤을 만들어낼 밤나무를 키우겠다는 생각을 한 집주인이 정말 똑똑하다고 생각되었기 때문이다. 처음에는 여러 사람들이 그를 비웃었으나, 나중에 밤이 주렁주렁 열리는 밤나무는 보자, 아무도 찍소리는 못했다는 것이다! 이렇듯 집주인의 한 지혜로운 행동은 앞으로 그들이 꾸려나가야 할 살림을 보태는 데에도 힘이 되었고, '할아버지나무'와 추억을 쌓을 수 있게 된 계기도 되었다.

두 번째 문단의 상황을 간략하면, 평소 철없었던 작은나무가 이제 철이 들어서, 자기가 태풍 속에서도 지켜온 밤송이 2개를 집주인 손자에게 떨어뜨려 주고, 이제 작은나무에게도 친구가 생기게 된 내용이다.
태풍이 불 때 까지만 해도 할아버지나무의 말씀을 제대로 듣지도 않았는데, 이제 자신이 애지중지하던 밤알들을 아이에게 내주어 새로운 감정을 느낀 작은나무가 대견스러웠다. 그리고 작은나무가 느낀 그 '감동'이란 감정이 여기까지 전해진것 같이 내 가슴을 울렸다. 그래서 이 문단이 인상 깊었다.

「성장」·14

2016. 9. 11. 일

날씨 : 이젠 거의 쌀쌀한 가는 날씨.

「" 허버, 인간은 모두 멍청이 바보야. 하지만 넌 아주 용감했어. 」

「아빠는 다른 한 손을 들어 소매로 두 눈을 훔쳤다. 나는 아빠가 우는 모습을 처음 보았다. 그 때가 처음이자 마지막 이었다. 」

로버트 뉴턴 펙 - 돼지가 한마리도 죽지 않던 날 중 155p, 193

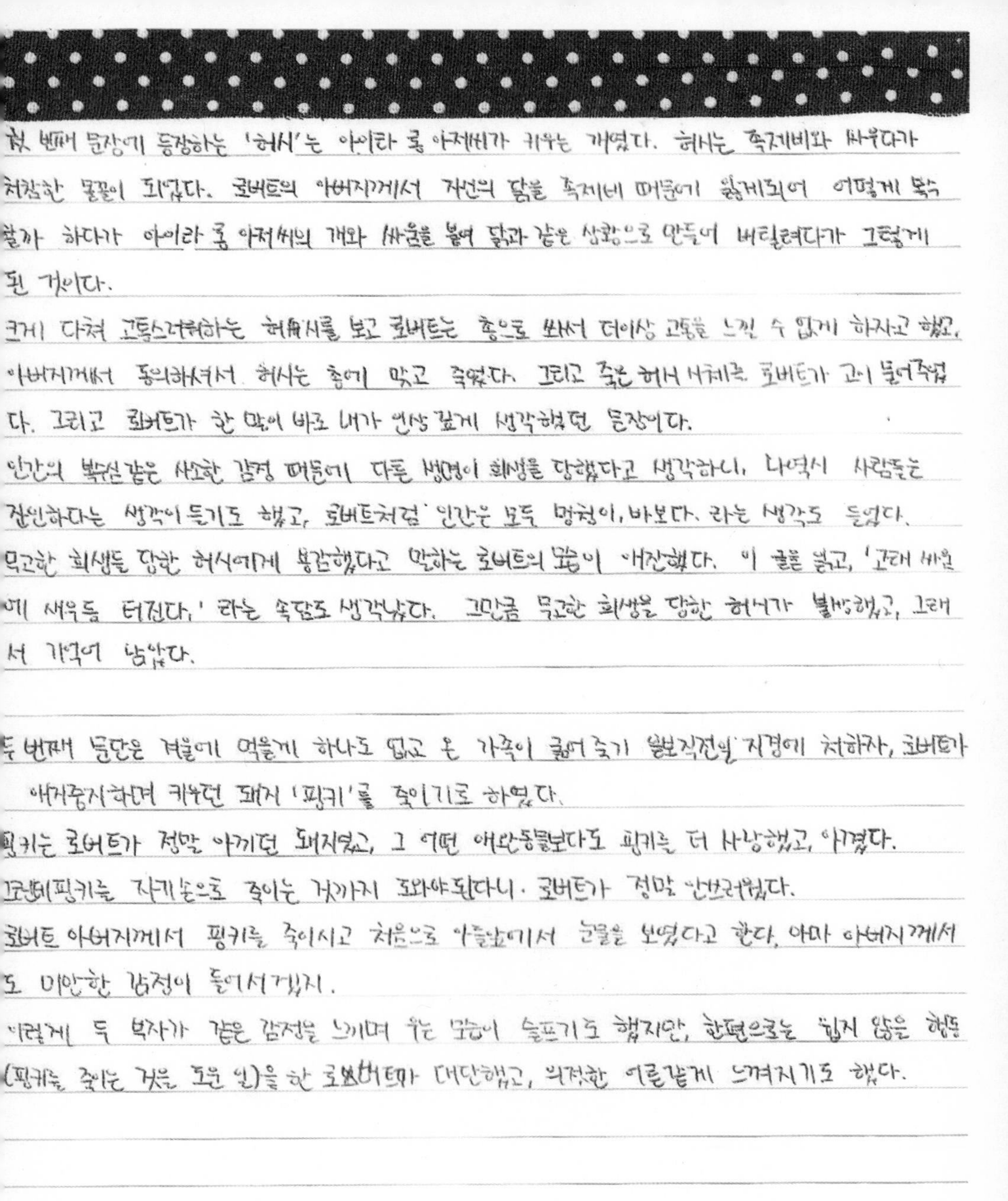

첫 번째 문장에 등장하는 '허시'는 아이라 롱 아저씨가 키우는 개였다. 허시는 족제비와 싸우다가 처참한 몰골이 되었다. 로버트의 아버지께서 자신의 닭을 족제비 때문에 잃게되어 어떻게 복수할까 하다가 아이라 롱 아저씨의 개와 싸움을 붙여 닭과 같은 상황으로 만들어 버릴려다가 그렇게 된 것이다.

크게 다쳐 고통스러워하는 허시를 보고 로버트는 총으로 쏴서 더이상 고통을 느낄 수 없게 하자고 했고, 아버지께서 동의하셔서 허시는 총에 맞고 죽었다. 그리고 죽은 허시 사체를 로버트가 고이 묻어주었다. 그리고 로버트가 한 말이 바로 내가 인상 깊게 생각했던 문장이다.

인간의 복수심같은 사소한 감정 때문에 다른 생명이 희생을 당했다고 생각하니, 나역시 사람들은 잔인하다는 생각이 들기도 했고, 로버트처럼 '인간은 모두 멍청이, 바보다. 라는 생각도 들었다.

무고한 희생을 당한 허시에게 공감했다고 말하는 로버트의 모습이 애잔했다. 이 글을 읽고, '고래 싸움에 새우등 터진다.' 라는 속담도 생각났다. 그만큼 무고한 희생을 당한 허시가 불쌍했고, 그래서 기억에 남았다.

두 번째 문단은 겨울에 먹을게 하나도 없고 온 가족이 굶어 죽기 일보직전의 지경에 처하자, 로버트가 애지중지하며 키우던 돼지 '핑키'를 죽이기로 하였다.

핑키는 로버트가 정말 아끼던 돼지였고, 그 어떤 애완동물보다도 핑키를 더 사랑했고, 아꼈다.

그런데 핑키를 자기손으로 죽이는 것까지 도와야 된다니. 로버트가 정말 안쓰러웠다.

로버트 아버지께서 핑키를 죽이시고 처음으로 아들앞에서 눈물을 보였다고 한다. 아마 아버지께서도 미안한 감정이 들어서 겠지.

이렇게 두 부자가 같은 감정을 느끼며 우는 모습이 슬프기도 했지만, 한편으로는 쉽지 않은 행동(핑키를 죽이는 것을 도운 일)을 한 로버트가 대단했고, 의젓한 어른같게 느껴지기도 했다.

「생명 / 과학」 ·16

2016. 10. 21

날씨 : 점점 쌀쌀 해져서 나도 쌀쌀(쓸쓸) 해진다. 그런 날씨...

「하지만 누구에게 해롭다는 것일까요?
보나마나 인간인 우리에게 해롭다는 것이겠지요.」

「온실효과는 지구에 매우 중요한 요소 입니다. / 하지만 인간은 온실효과를 필요한 수준 이상으로 부추겼습니다

위베르 리브스 - '위베르씨 내일의 지구를 말해주세요.' 中 97p.

문장에서 질문은 '동식물이 해롭다고 말하는 것이 옳을까요?'이다. 우리는 우리에게 해를 끼치는
물 또는 식물을 보면 '해롭다.' 라고 한다. 하지만 이것은 인간에게 해롭다는 뜻이다. 인간에게
해로움이 다른 동식물에게는 이로움이 될 수도 있는데 말이다. 그래서 이 글을 읽고 인간은 이기적
다는 생각이 깊게 들었다. 물론 나 역시 살면서 동식물보고 해롭다는 표현을 한 적이 있다.
래서 더욱 부끄러웠다. 그리고 나는 함부로 동식물에게 해롭다는 표현을 쓰지 말아야겠다
생각했다.

번째 문장에서 놀라웠던 건 바로 '온실효과'는 지구에게 매우 중요한 요소로서 필요한 것
라는 점이다. 나는 온실효과는 그저 지구 온도를 높히는 주범이라고만 생각했다.
실효과는 우리의 지구가 온도를 유지하게끔 즉 온도가 더 떨어지지 않게 해주는 역할을 한다.
지만, 우리는 필요 이상으로 이산화탄소를 생산해내어 온실효과의 평균점을 넘겼다. 그래서 온실효과
우리에게 안 좋은 영향을 끼치게 된거다. 인간에게 문제가 있었던 것이다. 우리가 얼마나 많이
환경을 오염시켰으면 이롭던 것이 해롭게 변한 것인가? 내가 지구에게 사과를 할 수 있다면
얼마나 좋을까? 나의 지구에 대한 미안한 마음을 직접 전할 수 없어 아쉽지만, 지구를 위해서
할 수 있는 일은 최대한 하도록 노력해야겠다.

2016. 10. 23

날씨: 이제 정말 가을인가? 하는 날
제대로 가을 느낌나는 날.

「그는 좋은 습관이 좋은 인격을 갖게 하고, 좋은 인격을 가진 사람이 곧 행복한 삶이라고 했습니다.

「그렇기 때문에 용기의 첫 번째 단계는 두려움을 인정하는 것이라고 생각합니다.

수학 천재 철학자 버트런드 러셀

「그는 수학 천재였지만, 20세 이후 심한 우울증을 앓아 늘 자살을 생각했다고 합니다. 자살의 유혹에서 그를 구한 것은 '오늘 수학 문제 하나만 더 풀고 내일 죽자.'라는 생각이었다고 합니

양희규의 10대 너의 행복에 주인이 되어라. 45p, 54p, 1

번째 문장에서 '그'는 바로 '아리스토텔레스' 이다. 아리스토텔레스는 행복한 삶을 가지기 위해서는 좋은
관을 가져야 한다고 말했다. 여기서 좋은 습관이란 '용기를 가진다'라던지 '잘 웃는다'라던지 행복해 질
있는 습관들을 말한다. 나는 행복해 지려면 좋은 습관을 들여야 한다는 말에 동의한다. 주변을
꿀것이 아니라 나 자신을 바꿔 행복해 져야 한다고 생각한다. 그렇기 때문에 이 문장이 마음에
았고, 옳은 말이라 생각되었다.

번째 문장이 인상 깊었던 이유는 용기를 갖는 방법을 알려주었기 때문이다. 우리가 쉽게 가지지 못하
용기. 하지만 한 번 갖게 되면, 다른 불안함이나 두려움 따윈 쉽게 떨쳐 버릴 수 있는게 용기라고
각한다.
려움은 이러한 용기를 내는데 방해가 되는 장애물이다. 우린 두려움 때문에 쉽게 용기를 내지 못한다.
문장에서는 '내가 두려움을 인정하지 않아서 쉽게 용기를 가질 수 없다.'를 의미한다. 보통 내가 지금 어떤
, 또는 상황을 두렵거나 무섭게 여겨도 '난 괜찮다.'라고 말하기 일쑤다. 실제로는 이 상황이 몹시 두렵고,
운데 말이다. 작가는 이러한 상황에서 내가 느끼는 두려운 감정을 인정하라는 것이다. "난 안괜찮
고 말이다. 생각해보니, 중요한 시험을 앞두고 늘 '어떡하지' 어떡하면 긴장을 안 할 수 있지?' 이런 생각만
었다. 하지만 이젠 나의 이런 두려운 감정을 이해해야겠다. '나는 이 시험이 두려워서 이렇게 긴
장 하는 구나.' 라고 말이다.

세 번째 문장은 수학 천재이자 철학자인 '버트런드 러셀'이란 사람이 우울증에서 벗어나기 위해
했던 생각이다. 바로 '오늘 수학 문제 하나만 더 풀고 내일 죽자.'이다. 나는 이 글이 다소 충격이
었던게, '얼마나 수학을 좋아했으면, 수학으로 자살 충동을 이겨냈을까'하는 생각이 들었던 것이다.
지만, 이것 보다 너무나 논리적이었던 게 문제라는 것이 더 충격이었다. 나는 항상 이과를 부러워했는데,
히 수학자 같은 사람 말이다. 이런 사람들은 알고보면 버트런드 러셀과 거의 비슷한 마음의 병을 앓고
다. 너무 논리적이어서 그렇다. 남들이 유머에 다 웃을 때 이들은 웃지 않는다. 그 유머 역시 논리적으
로 생각하기 때문이다. 그래서 어쩌면 이렇게 평범하게 태어난 것도 참 행복한 것이라는
을 깨달았다. 이런 깨달음을 준 문장이었기에 나의 기억에 남았다.

윤임기
MERCURY

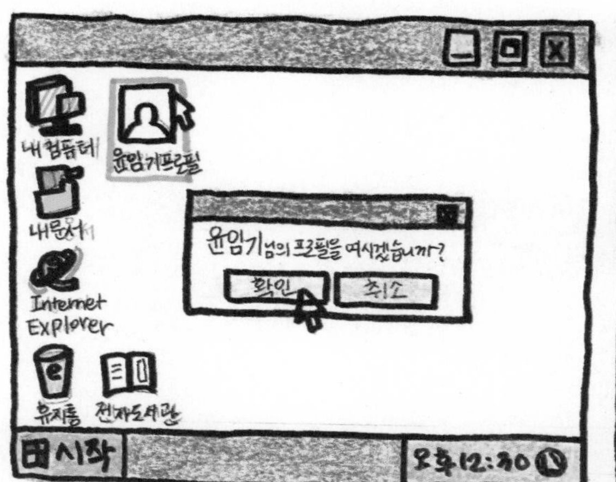

BUCKETLIST_

- 세계일주하기 I
- 누군가를 행복하게만들기
- 진정한 친구(?)와 한달동안 하고싶은거다하기
- 누군가의 롤모델이되기
- 진정으로 효도해드리기 (부모님께)_I

시작 오후 12:3

PROFILE_I

안녕하세요!_지금부터 저와 이 책에 대해 설명하려합니다. 제이름은 윤임기이고 하나뿐인 애이름은 머큐리(수성)입니다. 전 16살이고 특기는 피겨스케이팅, 태권도, 피아노 및 바이올린 연주이며, 취미는 사진 찍기입니다. 활발히 활동하고 누군가를 위해 희생하는 걸(?) 좋아해서 자원봉사활동을 자주하고 미래에 우리나라를 전세계에알리는외교관이될겁니다!

시작 오후 12:40

프리드리히 니체 1844-1900 : 네가 오랫동안 심연속을 들여다보면, 심연 또한 너의 내면을 들여다본다

<등장인물이 없는 비극>

우리가 운명을 사랑하게 되면, 우리는 다른 어떤 것도 소유하려 하지 않는다. 필연적인 것을 견디거나 감추는 것이 아니라, 그것을 사랑하고자 한다.

17:4~17:8

<이중의 초상>

정신의 찬란한 빛을 보여준 천재는 아무도 모르게 자신의 밤으로 깜박거리며 꺼져 들어갔다.

28:4~28:5

<병에 대한 변론>

고통스러워 죽을 것 같은 사람에게 다음과 같은 교만한 말도 가능하다. "나는 삶에 대해 더 많이 알고 있다. 왜냐하면 나는 삶을 잃을수 있는 순간을 너무 자주 접했기 때문이다."

44:15~45:1

<인식의 돈후안>

타오르는 화염처럼 지치지 않고, 작열하라. 나는 나를 불태운다! 빛은 내가 붙잡는 모든 것, 숯은 내가 태워 남긴 모든 것, 불꽃이야말로 정녕 나로다!

p.64

<최후의 고독>

그는 황홀경에 빠져 두 팔을 들어올렸고, 그의 발은 술에 취한 듯 경련을 일으키고 있었다. 이는 심연 위에서 추는 춤, 자신의 몰락을 알리는 춤이었다.

142:14~142:17

니체를 쓰다. - 슈테판 츠바이크 (명작시리즈 3)

이 책은 철학자인 '니체'를 주인공으로 '슈테판츠바이크'라는 사람이 쓴 책이다. 원래는 철학에 관심이 없었지만 '철학'이라는 학문이 신기하기도 하고 어렵지만 그래도 한번 읽어 보고 싶었었다. 원래는 여러 철학책을 빌렸었지만 이러저러한 이유(?) 때문에 방치만 해둔 채 읽어보지는 않았다. 그런데 국어방학숙제가 있어서 이번엔 꼭 읽자!' 해서 어려운것 보다는 철학을 하는 사람들이 어떤 사람들 인지를 알아가야 할 것 같아서 '니체를 쓰다'를 빌린 것이었다. 이 책은 철학자 니체에 대해 풀어쓴 글이지만 니체를 다 보여주지는 않는다. 니체를 더 알아가보고 싶게 만드는 책이다 니체는 겸손하면서도, 일생을 항상 고통스럽게 살았다. 그것은 우연이 아닌 의도적인 것이었다. 자신의 한계가 어디까지인지를 판단하고 싶어했고 그 속에서 진리를 찾고자 했었다. 왼쪽의 페이지 <인식의 도후안> 파트의 글은 니체의 도전정신을 보여주는것 같다 아마 니체는 인간이 체험할 수있는 한계는 다 도달해보고 생을 마감했던것 같다.

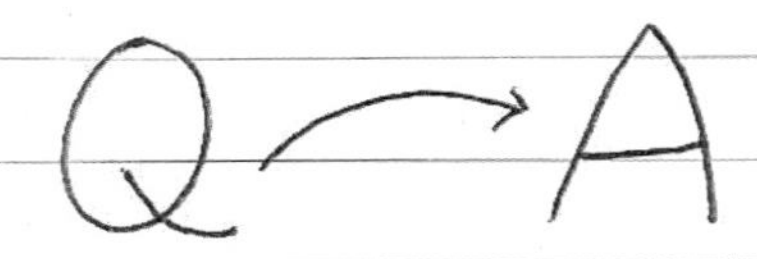

모두가 투명인간이 되면 올바름보다는 올바르지 못함이 현실적인
이익을 준다.
대화자 글라우콘 올바름은 무엇인가?
어떤 상황에서든지 올바르게 살려면 물음에 대한 자기 대답이
있어야만 한다.
세상이 급격히 변화하거나 혼란스러울때 대답은 더욱 어려워진다.

<올바름을 찾아가는 대화 요약본中>

P.30

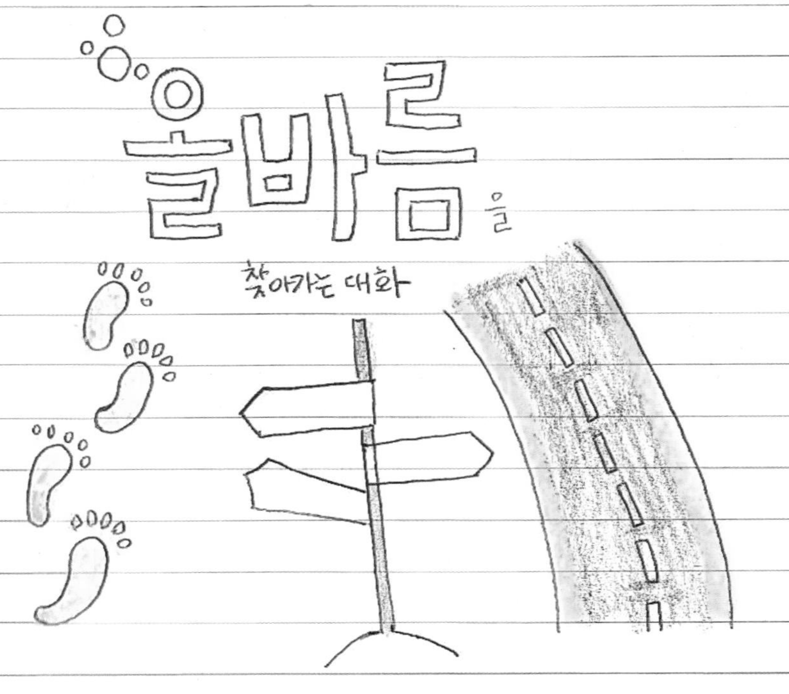

국가 – 플라톤 저 / 송재범 풀어씀

이 책은 예전부터 정말 읽고 싶었던 책이다. 그런데 너무어렵고 다가가기 힘들고 시간없다는 핑계로 미뤄왔었다. 재석이와 함께 이 책을 집어들었다. '소크라테스와의 대화(청소년을 위한)' 이라는 책도 빌려서 읽어야만 했는데 검색해보니 책이 나오지 않았다. 아마 서가에서 완전히 빠진 책 같았다. 책 내용이 쉽게 풀어져 있던책이어서 꼭 읽고 싶었는데…….. 역시 사람은 한 번 온 기회를 놓쳐서는 안되는 것 같다. 이책은 주로 올바름을 알아가는 내용을 담고있는데 플라톤, 글라우콘, 글라우콘의 아버지, 형제, 등이모여서 대화·토론하는 형태의 책이다. 주로 다른사람들이 어떠한 주장을 내세우면 플라톤이 그걸 고쳐주고 알려주는 식의 내용이다. 한 국가가 있으면 여러 가정들을 세워서 사람들의 올바름을 알아가는 식이다. 이 세상은 올바르지 않은 사람들이 너무 많다. 철없는 아이 중에는 이올바르지못함이 올바른것이라고 생각하는 애도 있었다. 이제는 올바르지 못함이 올바른 것이 되어버린것같아 두렵다. 순수했던 우리 사회가 언제부터 이렇게 되어버렸는지도 모르겠다. 모든 사람들이 평화롭고 안전한 세상에서 살았으면 좋겠다.

교과서 속 문학

사람들은 아버지를 난쟁이라고 불렀다. 사람들은 옳게 보았다. 아버지는 난쟁이였다. 불행하게도 사람들은 아버지를 보는 것 하나만 옳았다.

242:1 ~ 242:3

천국에 사는 사람들은 지옥을 생각할 필요가 없다. 그러나 우리 다섯 식구들은 지옥에 살면서 천국을 생각했다. 단 하루라도 천국을 생각해 보지 않은 날이 없었다. 우리의 생활은 전쟁과 같았다

242:8 ~ 242:12

그러나 우리에게 필요한 것은 계획이 아니었다. 많은 사람들이 이미 옳은 계획을 내놓았다. 그런데도 달라진 것은 없었다. 설혹 무엇을 이룬다고 해도 그것은 우리와는 상관이 없는 것이었을 것이다. 우리가 필요로 하는 것은 우리의 고통을 알아주고 그 고통을 함께 져 줄 사람이었다.

253:8 ~ 253:12

난쟁이가 쏘아올린 작은공 ― 조세희

이 문학작품은 1학기 때 배웠었다. 제일 처음으로 했던건데 책을 직접 찾아볼정도로 많은 감동을 받았다. 감동이라기 보다는 내 안에서 무언가가 계속 끓어올랐다. 선거공약을 내세운 사람들에게 특히 더 원망심이 생겼다. 이렇게 사태가 심각할 줄은 몰랐다. 왜 진작에 이 소설을 안 찾아읽었을까라는 생각이 들어 나에게도 원망감이 들었었다. 내가 이렇게 사회에 관심을 안썼는데 다른 친구들은 오죽할까라는 생각도 들었다. 옆에 적었듯이 이분들이 필요한 것은 관심과 사랑이었다. 이거면 된거였다. 다른건 아무것도 필요없었다. 이것조차도 못나눠주고 있는 내가 너무 이기적으로 보였고 한심하게 보였다. 그래서 얼마전에 '반송지역 아동센터'에 봉사활동을 다녀왔다. 애들이 밝고 활기찼다. 호기심 역시 많았다. 순진한아이들이 자신의 의지와 관계없게 그렇게 열악한 환경에서 사는데도 희망을 잃지 않고 열심히하는 모습을 보고 나를 다시 돌아보고 반성하는 계기가 될 수 있었다. 사람들의 사회적 인식을 개선시키고 바뀌어야 할 때인것 같다.

— : 친일을 끊어버려야한다는 뜻

<저자 서문>

– 청년학생들에게 드리는 미래를 위한 책을 펴냅니다

> 친일은 현재입니다. 다들 '친일' 하면 과거를 떠올립니다. 과거는 현재와
두 방향으로 이어집니다. 평가된 과거인가, 그저 흘러온 과거인가.
자랑스럽건 부끄럽건, 평가된 과거는 현재의 자양분이 됩니다.
그러나 시간에 흐름에 내밀려진 채 그저 누적되기만 해온 과거는,
현재를 자신의 발 밑에 두고 지배합니다. 그리고 미래마저 집어삼킵니다.

일제 식민지배 역사는 평가되지 않았습니다. 그렇기에 잘못된것은
청산되지 않았고, 잘된 것도 계승되지 않았습니다.

P.4, 맨끝바닥.

친일은 현재의 문제입니다. 이완용의 매국행위에 분노하고
수요시위 할머니들의 절규에 눈물흘리는 것을 넘어 철도, 의료, 교육등
국가기간 산업을 해외자본에 팔아 넘기는데 분노하고, '인간답게
살고싶다'며 자살을 택하는 노동자들의 불행이 바로 나 자신의
일이라는것, 우리가 아직도 지배받고 있다는것.

이것이 바로 친일이 현재인 이유입니다 —.

친일, 청산되지 못한 미래 _ 청년학생들을 위한 친일청산 100문 100답

민족문제연구청년모임이 묻고 친일문제 전문가 정운현이 답하다

이 책은 나랑 세인이가 11/5일에 있을 역사골든벨에 참여하기 위해서는 반드시 읽어야 하는 책이다. 그래서 책을 구입하여 읽게 되었다. 구구절절 늘어놓는 형식의 책이 아니라 100문 100답의 형식으로 우리가 정말 궁금해하던 것들만 모아놓았다. 또한 대답하시는 '정운현'이라는 분이 말을 임팩트있게 잘 쓰셔서 훨씬 눈에 잘 들어온 것 같다.

'민족문제연구청년모임'이라는 곳에서 정운현 분이 쓰신 《친일파는 살아있다》를 참고하여 20여개의 질문을 만들어왔고, 그것을 토대로 이 책을 냈다고 한다. 요즘에 한국사 시간에도 친일에 대해(일제강점기) 조금 배우고 있는데 이책을 읽고 역사공부에 들어가면 훨씬 이해도 잘되고 도움도 많이 되는 것 같다. 그들이 우리에게 했던 일들을 생각하면 할수록 치가 떨린다. 같은 민족인데 어떻게 그리 잔인한 행동을 할 수 있었는지 과거로 돌아가서 물어보고 싶다.

(본문에 따라) 친일은 아직까지 청산되지 않았다는 말은 사실이다. 친일파의 대를 끊기위해 몇년 전에 친일파들의 재산을 모두 반환하게 하는 '친일파재산반환'에 관한 법을 만들었는데 다른 야당들은 모두 100% 찬성을 했지만 오직 한나라당만이 100% 반대를 외쳤다. 정치계에는 친일파가 없을 것이라고 믿었던 나는 큰 충격을 받았다. 아마 이것이 바로 우리가 친일을 청산해야하는 이유일 것이다. 우리의 필수과제가 후손들에게 물려져서는 안된다.

북토큰 독후감대회 응모작

〈상상 속에 그리던 삶〉 - 삶의 길, 죽음의 자세

> 마음 맞는 친구. 그는 나와 마음이 맞을 뿐 아니라 사는 곳도 가까워야 한다. 아무때고 부르면 반갑게 건너온다. 세상이익이며 체면치레 같은게 없으니 늘 부담없다. ……(중략)
"저녁을 먹고 나면 허물없이 차 한잔을 마시고 싶다고 말할 수 있는 친구가 있었으면 좋겠다. 입은 옷을 갈아입지 않고 김치 냄새가 나더라도 흉보지 않을 친구가 우리 집 가까이에 살았으면 좋겠다. 비오는 오후나 눈내리는 밤에도 고무신을 끌고 찾아가도 좋을 친구……."

P.23:1~23:12

〈오늘이 마지막인 것처럼〉 - 삶의 길, 죽음의 자세

> 미래는 계속 3만6천일이 계속 이어져온다 하더라도 그날에는 각기 그날에 마땅히 해야할 것이 있으니 진실로 이튿날로 미룰만한 여력이 없다. 한가함은 경전에 실려있지도 않고 성인이 말씀하신 적도 없는데 한가함에 맡겨 세월을 보내는 사람이 있으니 괴이한 일이다. 이에 따라 우주 간의 일에 그 몫을 다하지 못하는 사람이 많은 것이다.
하늘은 스스로 한가하지 못하며 항상 운행하는데, 사람이 어찌 한가할 수 있겠는가?

P.58:1~58:10

나를 찾아가는 길 — 혜환 이용휴 산문전

- 바쁘게 살아가는 세상속에서 '나'는 어디에있을까? -

'상상속에 그리던 삶'은 지금 우리 청소년들이 딱 원하는 모습을 표현해 내었다. 어디선가 끓어오르는 감정을 배제하고 생각해보니 혜환이 바라는 세상하고 내가 바라는 세상이 일치하다니, 정말 신기했다. '우리 삶에 허락된 시간들을 위하여' 이 부분 역시 위의 내용이랑 비슷하다. 오바마 대통령님도 24시간, 반기문 UN 사무총장님도 24시간이라는 똑같은 시간(물론 나도 24시간)이 주어진다. 그러나 이 24시간을 어떻게 사용하는지에 따라 사람들은 달라지기 마련이다. 이글을 쓰면서 깨달은 것인데 나는 정말 시테크를 못하는 것 같다. 다음에 시테크 도서를 찾아서 읽어볼것이다. (이미 몇종류는 읽었음) 나와 공감할 수 있는 부분이 너무나도 많았다. 바쁘게 살아가는 사회에서 '나'를 잠시 잊고있었다. 그냥 그런 사회구조의 형식적인 틀에 맞춰살아가다 보니까 내가 잘할수 있는 부분인데도 틀에서 벗어났다고 까이고 또 까이는 것을 무한 반복 하다보면 그 사람에게는 당연히 내가 누군지 잊혀 지길 마련인것 같다.

나는 아무도 조언을 해줄사람이 없을때, 그 잃어버린 조언을 책에서 들을수있는것 같아서 마음이 편안해진다. 왜 책을 평생의 벗이라 칭하는지 이제야 이해할 것 같다.

책은 영원한 나의벗 영원히 머무르기를

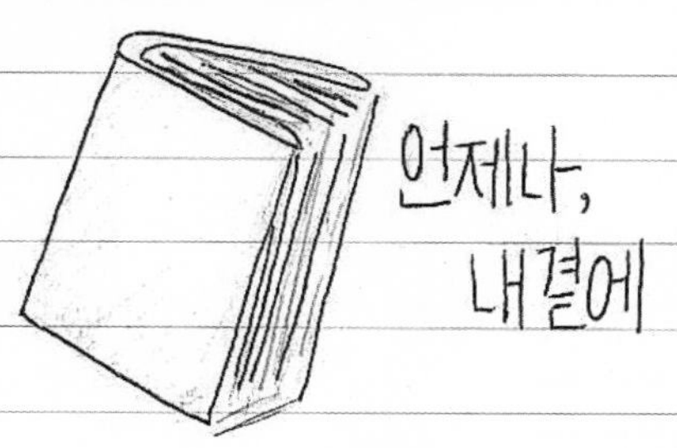

언제나, 내곁에

나를 잃지말자 ——!

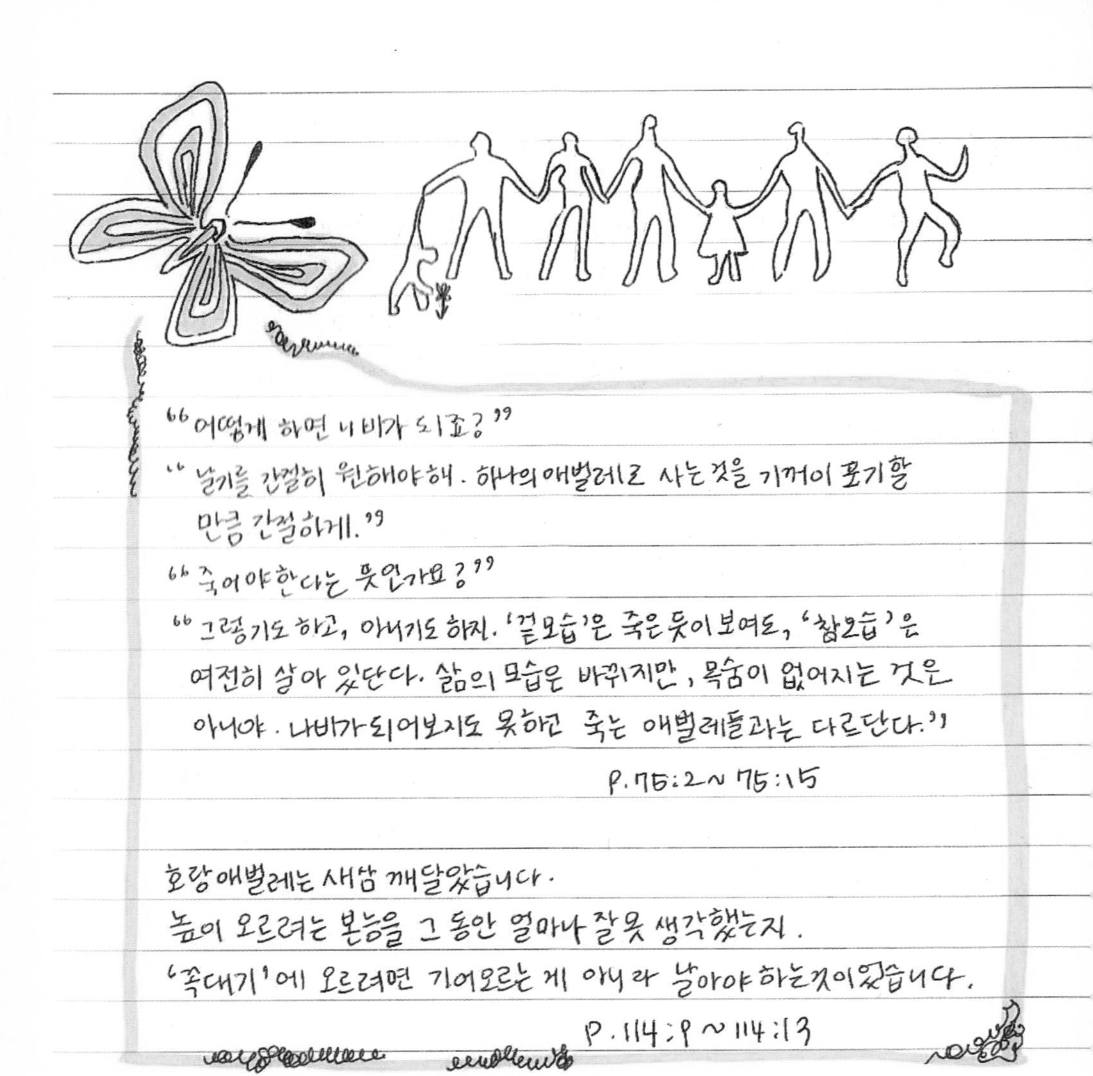
"어떻게 하면 나비가 되죠?"
"날기를 간절히 원해야 해. 하나의 애벌레로 사는 것을 기꺼이 포기할 만큼 간절하게."
"죽어야 한다는 뜻인가요?"
"그렇기도 하고, 아니기도 하지. '겉모습'은 죽은 듯이 보여도, '참모습'은 여전히 살아 있단다. 삶의 모습은 바뀌지만, 목숨이 없어지는 것은 아니야. 나비가 되어보지도 못하고 죽는 애벌레들과는 다르단다."
p.75:2~75:15

호랑애벌레는 새삼 깨달았습니다.
높이 오르려는 본능을 그 동안 얼마나 잘못 생각했는지.
'꼭대기'에 오르려면 기어오르는 게 아니라 날아야 하는 것이었습니다.
p.114:9~114:13

꽃들에게 희망을 - 트리나 폴러스

이 책은 내가 초등학교 5학년 때쯤에 큰삼촌께 선물 받은 책이다. 학교에서 필수도서라서 반드시 읽어라 했지만 그때 많이 게을렀던 나는 대충 훑고 넘어버렸다. 귀에 못이 박히도록 들은 책제목 '꽃들에게 희망을'을 내가 지금 손에 들고 있었다. 실망 같은건 하지 않았다. 가벼운책 조차도 가볍게 읽고 봐두는 나태해진 나를 나자신은 이미 알아차린것 같았다. 이 책은 반드시 읽어라는 신의 계시 같았다. 그렇지 않고선 이러한 인연이 어떻게 발생한걸까?
그림체가 너무 예뻤다. 나의마음을 충분히 녹일수 있는 그림체였다. 글도 짧았다. 그 이유는 한문장속에 열 문장의 내용이 다 들어있기 때문이였다. 그때 당시로는 해석하기가 나에게는 너무 어렵게만 다가왔다. 그런데 지금은 내가 꿈을 찾아야 할 나이가 왔고 그럴수록 나에게 이책에 대한 값어치는 커져만 갔다.
나는 과연 저 수많은 애벌레들 중 한마리일까?
문득 이러한 생각이들며 섬뜩해졌다. 분명 나비가되는 길이 맞을까? 서로 밀어내고 죽이고 하는 경쟁이 마치 저 애벌레들과도 같았다. 나에게 많은 생각을 선물해준 이책은 나의 인생에 평생 도움이 될 듯하다.
꿈은 기어오르는게 아니라 날아야만 하는것이다.

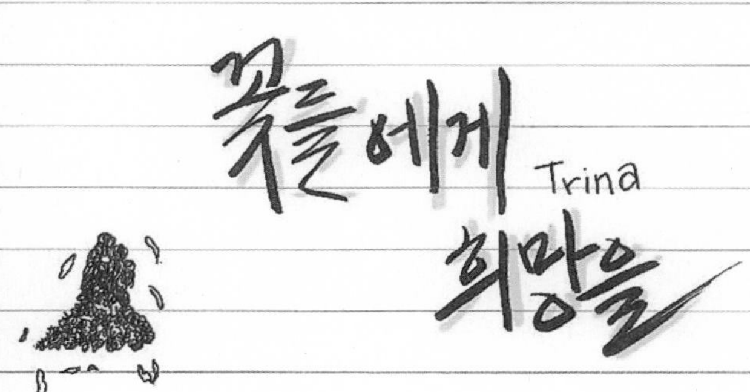

이가영

밤과 별의 노래

twitter

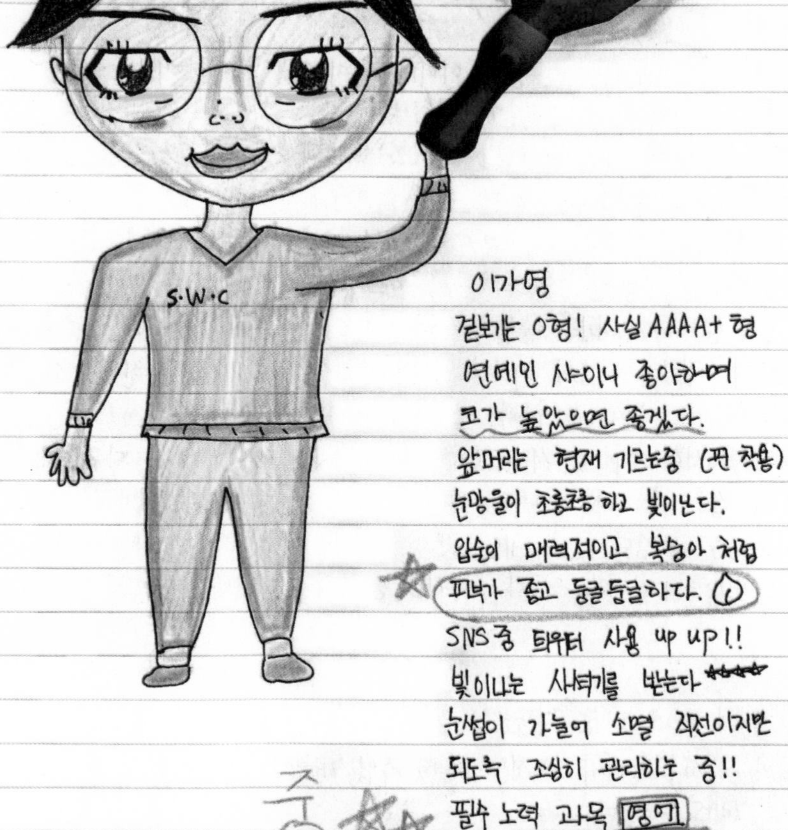
SHINee
S·W·C
이가영
겉보기는 O형! 사실 AAAA+ 형
연예인 샤이니 좋아하며
코가 높았으면 좋겠다.
앞머리는 현재 기르는중 (핀 착용)
눈망울이 초롱초롱 하고 빛이난다.
입술이 매력적이고 복숭아 처럼
피부가 좋고 둥글둥글하다. ①
SNS중 트위터 사용 up up!!
빛이나는 사녀기를 받는다
눈썹이 가늘어 소멸 직전이지만
되도록 조심히 관리하는 중!!
필수 노력 과목 영어
모든 일에 최선을 다하는
멋진 사람이다

기 억을 파는 가게

실천인 학사

[P192 ~ P193 구절]

달걀 아저씨가 내 어깨를 다독인다. 무엇을 더 생각할 것도 없이 반사적으로 구를 틀어막는다.

달걀 아저씨의 입이 오물 조물 움직이는 것이 보인다. 멍한 표정의 경찰들과 풍한 얼굴의 눈사람 아줌마도 눈에 들어온다. 덩달아 눈사람 아줌마의 몸이 녹아내리듯이 사라지는 모습도.

"이젠 됐다, 아리야."

갑자기 경찰들이 길 잃은 아이처럼 이곳저곳 두리번 거린다. 자신이 왜 이곳에 서 있는지 잊은 듯했다.

"뭐 찾는 거라도?"

달걀 아저씨가 묻자 경찰들은 멋쩍은지 눈인사를 하고 돌아선다.

"경찰들 기억이 다시 돌아올지 모르니 얼른 집으로 돌아가렴. 어쩌면 지금 마지막 인사를 해야 할 지 모르겠구나."

달걀 아저씨가 쓸쓸한 표정으로 말한다. 이렇게 갑작스럽게 작별이라니. 갑자기 마음이 허하다. 어떻게든 다시 만나야 한다. 건강한 기억으로 또 만나야 한다.

"아저씬 어디로 가시려고요. 다시 까치산으로? 아니면 다른 동네로? 열매 집으로? 거긴 아무도 아저씨처럼 깨어있는 사람이 없을 텐데요. 기억하는 사람도 없는 데도요?"

달걀 아저씨가 웃는다. 다시금 등 뒤로 솟은 작은 날개가 파닥거린다.

"너희 스스로 기억을 되찾은 일 말이다. 지운 기억마저 재생해낸 면역 항체라고나 할까. 그걸 그들에게 백신을 놓듯 주입 해보면 어떨까 한다."

"그래도 확률이 ...."

"희망을 품어 봐야지. 난 마지막 까지 우리 마을 사람들이 다시 건강한 기억을 가질 날들을 꿈꿀꺼야."

기억은 모두 아까운 보물들이다. 안좋은 잊고 싶은 기억들이 모두 피하고만 있으면 그것은 안좋은 기억에서 끝이지만 자신의 생각나름의 그 기억과 마주 하므로 한층더 성장해 나간다고 생각한다.
주인공 아리에게 기억을 파는 달걀 아저씨는 어떤 교훈을 남겨 주었을까? 지우고싶은 기억의 가치를 안겨주지 않았을까 모두가 건강한 기억만을 담고 살아가기를 바라는 아저씨의 마음에 따뜻해졌다.
아저씨의 말에는 자기 스스로의 경험과 살아가는데 약이되는 "건강한 기억"에 눈이 갔다
하지만 무조건 다 건강한 기억이 될수 있는가? 그것도 아니다.
자신의 인생에 피해를 입고, 사고, 죽음의 관한 기억은 자신을 옥죄어올 보이지 않는 사슬일 거다. 나도 지금도 여전히 지우고 싶은.
사람들도 모두 잊어줬으면 하는 기억이 있다. 남에게 털어 놓아도 결코 풀리지 않는... 달걀 아저씨의 가게에 기억을 파는 것이 아닌 '기억을 사는 가게로 이름을 바꾸었으면 좋겠다.

기억을 파는건 자기 스스로의 현실도피와 마찬가지인거 같다.
다른 이의 기억의 교환도 가능할 것이고 생각해보면 조금 무섭다.
그래서 내 기억의 조금을 담아줄수. 보듬어주는 보관소가 되었더라면 또 새로운 이점이 있을거 같다.

2 8/10 아는 척

최서경 지음
문학동네

[P176 ~ P177]

우리의 결말은 없음이다. 별로 달라진건 없었다. 이걸 계기로 엄마, 아빠, 선생님, 친구들 등등이 '그래, 우리가 너희를 잘못 보고 있었구나. 미안하다' 라고 해 줄 걸 기대한 것은 아니다. 이런 사소한 해프닝 하나로 사람이 변할 리가 없기 때문이다. (오히려 우리가 미쳤다고 생각하겠지). 우리가 이 사건을 계기로 어른으로 성장하게 된다는 작위적인 결말은 더더욱 우리가 원한 것이 아니다 그것은 완전 지양한다.(굳이 지양이라는 단어를 쓴 것은 절대로 내가 어제 언어 모의고사를 쓰기문제 에서 지향과 지양을 구분하는 문제를 풀었기 때문이 아니다 절대).

그 일 이후, 당연하게도 우리는 각종 설수에 올랐다. 곧 땅을치고 후회할 일을 벌였다고 말하는 사람도 있었고, 그렇게라도 뭔가를 해소하고 싶었을 거라고 말하는 사람도 있었다. 그모든 이야기의 공통점은 열아홉을 어른이 되기전에 들렀다 가는 기항지 처럼 여긴다는 것이다.

어쨌든 우리는 그냥 그렇게 살고있다. 평소와 똑같은 수능을 준비하고, 수능이 끝나면 어떻게 보람있게 놀 것인지 계획을 세우고, 사고 싶은 것의 목록을 만들고, 목표 대학에 진학한 이후의 꿈같은 캠퍼스 생활을 상상하면서, 전국의 보편적인 열아홉과 비슷하게.

우리는 열아홉이다. 젊다고 하기엔 어리고, 어리다고 하기엔 나이가 너무 많다. 세상이 너무 좁고 축축해서 살아갈 가치가 없다고 말하기엔 누리보지 못한 세상이 너무나 넓고 세상이 마냥 아름답고 행복한 곳이라고 여기기엔 너무 많은것을 알아버린 나이였다. 누가 뭐라든 우리는 열아홉 이다. 어리석은 열아홉도, 철없는 열아홉도, 혼자서는 아무것도 할수없는 열아홉도 아닌 그냥 열아홉.

시리지만 상쾌한 밤공기에 나는 옷깃을 여미었다.

그래, 춥지않다. 우리는 춥지 않다.

이 책을 처음 선택하였을 때 읽어가면서 잘못 선정한것이 아닐까?
중간에 몇번을 망설였다. 하지만 왼쪽의 이 가접 '열아홉'이란 단어가
가장 많이 사용되어 진동한 이 페이지가 신기하게도 나의 마음과
의사소통이 된거 같다. 겉으로만 보면 19의 낯설지도 모르지만 이책의
열아홉은 우리 모두 청소년을 더불어 말해주는것 나다. 어리다고 하기엔
많고 많다고 하기엔 아직 이른 열아홉이 였다면 인생의 최고 가점
첫번째 작은 톱니바퀴는 '열여섯이' 아닐까 생각했다.

공장도 기계들의 부품들이 맞아 움직여서 사용하는 완성된다.
그것처럼 하하 호호 웃음이 가득하고 실수에도 두려움 없는 열여섯에 열아홉은
머지 않아 다가온다. 기계 부품처럼 모두 사람도 같을수 있는가?
다름을 가지고 서로 살아간다. 다른 사람들과 조금 부족하다고, 다르다
비참하게 주눅이있을 필요 없다고 느꼈다.

작가의 말씀에 한번더 공감 갔던건 모든것이 짜증나고 싫증나는
열아홉의 시점이 이책의 동기가 되어 제작하게 되었다고..., 나도 이 시점
에서 방황하고 자신의 위치에 두려움을 느낄때 당찬 한마디가 되어
준것 같다. '시리지만 상쾌한 밤공기에 나는 옷깃을 여미었다
그래, 춥지 않다. 우리는 춥지 않다' 마치 '할 수 있다, 나는 할수
있어'와 같이 자기 암시를 주는것 같다.

8/13 마지막이 아니라 누군가의 시작 이미영 지음 M&K Kids

[P 107 ~ p108] 15줄~3줄

"그런데 이거 인터넷으로 뭘 찾았다는 거야? 승기랑 뭐 찾았다며…"

"아 장기기증에 대해서 찾아봤어."

"그걸 왜?"

태곤이는 정우형의 다이어리를 훔쳐 보다 장기기증 희망카드를 보았다는 말을 할 수가 없었다.

"저번에 텔레비전에서 그런 이야기가 나와서…· 궁금해서 찾아본거야."

태곤이가 우물쭈물 거리며 말하자 정우형이 라면에 밥을 말며 말했다.

"그래? 맨날 게임만 좋아하는 줄 알았는데 아니네. 너도 내년에 중학생이니까 그런것에도 관심을 가지면 좋지. 세상에는 아름다운 단어 많은데, 그중 하나가 '나눔'이야. 나눔에도 여러종류가 있는데, 누군가를 위해 죽으면서 나의 장기를 나눈다는 일은 정말 보람있고 숭고한 일이지! 나는 세상을 떠나지만 누군가는 나로 인해서 새 생명이 시작되니까."

" 맞아. 그런데 결정하기 쉽지 않을거 같아."

" 누가? 네가?"

" 나도 그렇고, 가족들도 그렇고 사랑하는 사람을 잃는 것만도 슬픈데, 그 사람의 장기까지 기증한다고 생각해봐. 아휴, 여튼 나는 좀 그래."

"무슨 소리야, 한 생명은 죽었지만 그 생명이 다른 생명을 살릴수 있는데! 그것도 여건이 된다면 한 생명이 아니라 여러 생명을 살릴수 있어."

6학년때 담임 선생님께서 말씀하신 적이 계셨다. 장기 기증은 나로 인해 여러 생명을 살릴수 있고 선생님도 장기기증을 하시겠다고 말씀하셨다. 대부분의 친구들과 나는 태곤이와 거의 같은 생각을 하며 자기가 죽는것도 서러운데 장기까지 나눠주면 나 자신도 사라지는거 같고 무서웠다. 하지만 이런 동생 태곤이가 이 뒤에도 겪지만 형이 뇌사판결을 받고 형을 떠나보내게 된다. 어렸을때, 내가 태곤이 나이였을때 '죽음'의 실감과 거리감이 있고 멀게만 느껴졌다. 깊이 생각해보지도 않고... 하지만 16살 지금까지 근 3년동안 나의 가치관 이나 생각들은 180˚도 자연스레 바뀌어 버린거 같다. 주변에서의 갑작스런 사고나 돌아가신 경우를 보며 아 형의 말이 틀린 말이 아니구나... 변해가는 환경에 조금 성장한거 같다. 죽음은 순환같은 거고 슬프지만 자신이 살아있는 생명에게도 도움이 될수 있다는게 감사했다. 이 책의 태곤이는 조금 일찍 깨달은 것이 아닐까?

형의 죽기전 암시(복선)을 보면 미리예상하고 그 이후의 태곤이의 모습에 너무나 슬펐다 나도 동생이 있는 입장에서 공감이 되었다. 그리고 사람은 언제 어느날 죽을지 모른다는거. 요즘 방학이라 느긋하게 있었던 나의 정신을 일깨워 주었다. 나도 나중에는 아름답게 보내주고 하루하루 열심히 살아야겠다.

4/14 목사 꽃 필 때 떠나가신 어머니 김신용 지음. 동아기획

[p63 ~ p64]

영민은 병원 3층까지의 계단을 단숨에 달려와 눈을 뜨고 계시는 어머니의 손을 꼭 붙잡았다. 어머니의 두 눈에서 눈물이 흘러내렸다. 상체가 약간 움직이시는거 같아 영민은 어머니를 살포시 끌어 안았다. 그때 어머니는 무슨 말씀을 하셨을까 그래서 영민은 자신의 귀를 어머니 입에 가까이 대었더니 어머니는 아주 낮은 목소리로 아들아 사랑한다. 얼마나 고생했느냐 그리고 너의 동생 영우도 만났으니 이제 눈을 감아도 여한이 없구나 하고 눈을 사르르 감더니 양쪽 손에 힘이 풀리면서 쭉 처졌다. 영민은 어머니가 고생했던 일들, 그리고 자신이 겪었던 지난날들의 서러움이 한꺼번에 북받쳐서 통곡하였다. 그리고 28년 만에 찾은 동생 영우도 옆에 섰다가 같이 대성통곡 하였다.

영우인들 얼마나 고생했을까 영우는 며칠간 하던 일들을 내려놓고 어머니 병상을 지켜왔다. 어머니가 겪었던 아픔들 그리고 영우가 겪은 고생들은 이루 말할 수 없을 것이다. 영우는 어머니와 많은 대화를 했다. 스물여덟해 동안 못 나누었던 이야기를 모두 쏟아내듯 했다.

그러나 영순은 어머니의 임종을 못하였다. 어머니가 위독하시다고 연락을 취하였지만 그는 미국에 가 있던 터라 연락한지 3일 만에 오게 되어 결국 4일장으로 어머니의 장례를 치르게 되었다. 자녀들은 어머니의 장례를 치르면서 어머니, 어머니 고생 많이 하신 우리 어머니 너무나 안타깝습니다. 5년만 더 사셨더라면 얼마나 좋겠습니까. 어머니 호강 시켜드리려고 했는데 진달래꽃 피자 마음 아프게 우리 곁에서 떠나셨나요. 영민의 형제들은 엉엉 슬프게 울었다.

땅속에 묻기도 아까운 어머니, 일평생 이유고생만 하시다가 가시다니요. 이제 자식들이 사회에서 출세하고 잘되려고 할 때 우리 곁에서 떠나신 우리 어머니 조금만 더 우리곁에 계셨으면 얼마나 좋았을까 하고 애달픔을 가슴에 담고 장례를 치루었다. 자녀들은 통곡하면서 눈보라 속에 활짝핀 진달래꽃 오래오래 좀 더 피어있을수 없던가요. 하면서 애통해 했다.

문득 제목에 이끌려 읽게된 책이다. 책의 내용을 모두 적고 싶었지만 칸의 한계에
아쉬움이 있다. 일제 강점기 어머니 분선은 18에 결혼하여 일제의 탄압과 압박에
남편을 잃고 3남매를 키워오셨다. 하지만 막내 영우를 잃어버리고 영순이와 영민이
마저 가난함 속에서 일을 보내야했다. 어머니 분선의 마음은 얼마나 찢어졌을까?
하지만 영민이는 일제때의 잃어 버린 논과 나눈을 도로 찾기위해 공부열심히
하여 법관이 되었고 영순이도 결혼을 하게 되었다. 이중 정상인이란 남자가
영민의 재판에 찾아나고 영우였다는 사실도 알게되었다.
이렇게 언뜻보면 세 남매의 중심 이야기 같지만 이들의 성공하기까지 어머니 분선의
모습이 너무 가슴아프고 남편을 잃고 주위에서 욕을하여도 건강하고 씩씩하게
키워내셨다. 자신의 몸은 돌보지 않고 오직 남매만을 보며 살아오셨다, 그런 모습에
눈물이 쏟아졌다, 왠지 모르지만 엄마께 죄송해서가 아닐까? 영민이 영순이와
달리 맛있는 밥 먹고 학교 잘 다니는 뒤에서 항상 격려해 주시는 엄마 생각에
부끄럽기도하고 슬펐다. 그리고 일제 분선의 집을 괴롭힌 강봉철로 결국 영민이
법관이 되어 구속된 것을 보고 장하다♡라는 벅차오르는 감정을 주최할수
없었다. 영우를 찾았을 때에 가족이 모여 우는 모습에 생각에 잠겼다. 마치 일제
-광복이후의이모습이 드물지 않고 남북 이산가족 문제로 떠올랐다. 이런일은
반복되서는 안될 일이다. 그리고 영민의 성장기를 보며 나도 떳떳한 지식있는 인간이
되어야지 라고 생각하고 어머니 집안 일도 돕는 참된 사람이 되어야 겠다.
정말 고생많았다. 힘든시간 속에서 서로를 의지하며 지내온 세월에 눈을감는
어머니의 마음은 편하지 않았을까 생각한다. 눈보라 속만이 아닌 사계절
어디선가에도 진달래 꽃은 피어있을 거라고... 이런말이 있지 않은가? "있을때
잘해" 가장 정곡을 찌르는 말이다. 이 분선 어머니의 일생을 통하여 어머니라는
분은 정말 위대하시고 멋지신거 같다. 나도 어른이 되어 멋진 삶을 위해 꾸준히 노력
해야겠다. 지금 주무시고 계시는 엄마를 보니 나는 또 슬퍼진다 ㅠㅠ
엄마 사랑해요♡ 끝

문전옥답 : 비옥한 논 집. 아주 귀한 재산 부~

10 어느 날 내가 죽었습니다. 이혜경 지음 / 바람의 아이들

[P183~184]

어이없지 재준아? 나 역시 오늘 살아 있다고 해서 내일도 살아 있을 거라고 말할 수 있니? 죽음과는 한 끗도 닿지 않을 것 같았던 네가 그렇게 어이없이 저 세상으로 가다니... 너는 정말 소년답게, 열여섯 소년답게 그렇게 살다 갔구나. 사랑도 품었고, 고민도 하고, 방황도 하고, 열등감에도 시달리고, 그러면서 꿈을 품고, 그리고 우정도 쌓았고.....

너에 대해 다 알고 있는 줄 알았는데, 아니었어. 너도 마찬가지 겠지. 우리가 서로 안다는 게 한계가 있는 말이니까.... 내가 네 일기장을 읽어서 속상하진 않니? 좀 불안하기 하지? 내숭쟁이 같으니라구, 정소희를 그렇게 좋아했으면서 내 앞에서 왜 그렇게 숨겼니? 바보, 말이라도 했으면 조금은 속이 풀렸을 텐데..... 나 같이 멋진 여자를 옆에 두고 그런 한심한 애한테 빠져서 있었다니. 너도 참 눈이 제대로 박힌 애는 못되지만 말이야. 그래도 나를 몰라봐 줘서 정말 다행이야...

우리가, 너와 나는... 그래 너는 나는 너랑 친구로 만난게 너무 좋아. 네가 맨 처음에 원했던 대로, 그냥 친구, 남자친구 말고... 앞으로 살아가면서 수많은 친구들을 만나야 겠지만 재준아, 넌, 넌, 나한테 너무나 특별한 존재일 거야. 죽어도 잊을 수 없겠지. 어떤 남자한테 사랑을 느끼고 빠져들든 네 몫의 자리는 내 가슴 속에 언제나 변치 않고 있을 거야... 그래, 너도 그랬을 거야. 소희가 네 마음을 아무리 차지하고 있었어도 사랑이 바뀌어도 변치 않고 언제나 놓여 있는 우정 하나는 언제나 놓여 있었을 거야. 그걸 잊고 내가 샘을 내다니 미안해... 재준아.

스탠드의 불이 다시 켰다. 불빛이 만드는 작은 공간 속에 일기장이 펼쳐진 채 놓여 있었다. 일기장을 덮으려다 나는 다시 맨 앞장으로 돌아갔다.

어느날 내가 죽었습니다.
내 죽음의 의미는 무엇일까요?

죽음은 순환해 돌고 도는거 같다. 수레바퀴 처럼 책 주인공 재준이 또한 꿈이 있었고
좋아하는 여자아이 우정친구 '청춘' 이라는 이름에 걸맞게 살았다. 순간의 사고로 멀리 떠나
갔지만 우정친구 유미는 일기를 읽어보며 얼마나 마음이 찢어졌을까... 눈물로 감추었던
속내를 비추며 되새겨 보는 모습이 마치 내 앞에 일기장이 놓여진듯 했다.
맨 앞장 "어느날 내가 죽었습니다 내죽음의 의미는 무엇일까요?"
매사 우리의 일에 의미가 없다면 가장 무울한 일일것이다. 해왔던일에 보답을
바라면 그건 안되지만 '의미'란 또 다른거라 생각이든다. 가치가 아닐까? 그 누구도
매길수 없는 바구각 없는거 같다. 죽음 의미를 생각해보자니 공허한 마치 진공 상태에
홀로 서있는 듯 한 꽉 막힌 느낌이다. 죽은이는 떠나가 말이 없고 답을 기다리는 사람은
그저 슬프다 어렸을 땐 죽음 이라는 것이 모를 때가 있었다. 하지만 세상을 조금씩 살아
가면서 멀지도, 가깝지도 않은거를 알아간다. 모든 일에 순서가 없다고 하지... 떠나간이
아무말 없이 남겨진이는 눈물 한 방울 흘린다고 이별의 아픈기억 한번이면
충분하다고 유미에게 말해주고 싶다. 그리고 작가님의 말씀에 한번더 놀랐다
'청소년기 목숨을 잃은 청춘들에게 이 이야기를 바칩니다' 라고 남겨져있다

어느날 내가 죽었습니다

10/23 13 기억을 가져온 아이 김려령 지음 / 윤하고 지섬사

[P152]

다래는 마치 가운데 봉화한테 큰절 하는 것처럼 이마를 땅에 박고있었다.
"다래야!" 나는 다래를 일으키려고 했다. 하지만 돌 처럼 뜬단하게 굳어 꼼짝도 안했다. "차근아, 뒤로 물러서서 기다려라. 아직 일어설 때가 아닌가 보다."
감초 할머니가 봉화를 올려다 보며 말했다. "애가 돌처럼 단단해 졌잖아요!"
나는 거의 울상이 되었다. "저 가운데 봉화를 보아라. 벌써 동이 트고 있는데도 꺼지지 않았잖니. 다래랑 뭔 상관이 있는거 같다. 그러니까 일어 날 때까지 그냥 둬라."
그러자 옆에 있던 와글이가 말했다. "정말, 새벽동이 트기 시작하는데 왜 봉화가 그대로지? 뭐야 가운데 봉화로 고장이야? 아이 이러면 정말 곤란 한데."
나는 감초 할머니 말대로 다래가 깨어날 때까지 기다릴 수밖에 없었다.
밤은 일년이나 기다리게 하면서 천천히 오더니 아침은 빨리도 찾아왔다. 봉화산 위로 대머리 같은 해가 머리만 삐쭉 내민것 처럼 올라왔다. 그러자 다래가 고개를 들었다.
"다래야"
"내가 너무오래 잤지?"
"뭐?"
"이 봉화 앞에 오니까 갑자기 졸리 잖아. 많이 피곤 했나봐."
기다리던 사람들의 걱정과는 달리 다래는 푹자고 일어난 얼굴이었다.
"됐다. 일어났으니 됐어. 뭔 일이 있었는지 모르겠다만, 윗마을 아랫마을 만나게 해주는 저 봉화가 날이 밝았는데도 안꺼진 걸 보니 분명히 좋은 일일 것이다.

기억을 가져온다는것은 나쁜기억도 함께 딸려 온다는 생각에 부정적으로 생각
하고 있었다. 하지만 이 이야기를 읽으며 좋은 기억도 나쁜기억도 되돌아 가고 싶은 기억들
이란 것을 가슴 깊이 깨달았다. 기억을 가져오는아이 다래는 주인공 차큰이의 실종된
할아버지를 보았다며 말하였다. 그래서 차큰이는 다래와, 천수무당 할머니와
함께 기억의 호수로 간다. 처음에는 믿기지 않았다. 그리고 할아버지를 봤다고
했을땐 기뻤지만 '기억의 호수'로 간다고 했을땐 혹시 할아버지께서 죽어
가셔서 기억속 즉 과거로 돌아가신건 아닐까? 라며 눈물이 고이고 슬픈 생각 밖에
안들어서 책읽는 내내 근심걱정이였다. 그리고 차큰이가 기억의 호수를 아예 가지
않았으면 하는 마음도 굴뚝 같았다. 괜히 할아버지를 보고 그 현실이나
기억의 호수를 잃어버린다던지 해서 더 안좋은 기억을 만들어 오지 않을까하고...
하지만 기억의호수는 실제 백두산 천지 처럼 '산 꼭대기'에 있어 등산 하여
올라가게 되었다. 산을 오르면 한달이라는 시간이 흐르고 여러 사람들을
만난다. 그자체가 참 애처롭고 차큰이가 만난 '기억의 호수' 즉 기억속에 잠긴
사람들이 꼭 죽어서 잊혀 질것만 같았다. 하지만 차큰이는 할아버지를
만나 이야기 한다. 잘 계셨냐고... 눈물이 났다. 우리 할머니, 할아버지 께서도
잘계시고 좋은 기억만 남으족... ㅁ 그렇게 현실 세계로 돌아온 차큰이는 가벼운 마음으로
돌아왔다. 신기한 게도 기억은 좋고 나쁨이 없고 꼭 그렇게 해서 좋은기억만
있는게 좋은것도 아닌거 같다! ^^

15 다 그렇게 산대요

글 정순재 그림 썽
삶과 지식

[P118-119]

② 예감

늦은 밤 진동소리에 잠이 깬 탓에
몇 시간을 뒤척이며 밤을 지새웠고
짜증 나지 않았다.
오히려 잠 못는 시간이
핑크 빛으로 느껴졌다.

③ 서로에게 당연한 사랑이 있다는 것

하루를 마무리하고 한밤이 시작하는 시간에
고단한 하루를 보냈다고
투정섞인 메세지를 보내면
일분도 안돼 기다렸다는 듯
"고생 많았지, 힘내요." 라는 답장이 오고
그 별것 아닌 대답에 투정이 눈녹듯 사라지는.

그 흔한 따뜻함.

①에서 시와 모방을 해보았다면 ② ③ 시에서는 나에게 필요한 말을 전해주는 시를 고라 보았다. 농땡이를 피워서 막바지 숙제를 마치고 잠드는 나에게 여유는 없는거 같다. 나의 생각의 순게 이기로 하지만 갈 때로 그날 아침에 지각은 하지 않기 위해서 버릇쑥 주문을 암시 하곤 한다. "내일 엄마가 한번 말하면 일어나야지...!!" 하고. 하지만 시험기간인 경우에 숙제는 학원 마치자 마자 독서실에서 해결하고 잠자려 눕기 전에는 복습하고 잔다. 그냥 폰 보다가 자는건 안피곤 한데 머리를 쓰다 자는건 그렇게 몸이 피곤하다. 하지만 그렇게 마음이 뿌듯 할 수가 없었다. 나에게 주는 휴식같고 따뜻한 이불속에 몸을 누인다. 이 〈예감〉 이라는 시에서 습하는 잘 때 내 모습 같다. 핑크 빛이 아니라고 민트 빛으로 내가 가장 좋아하는 색으로 물든다. 그리고 춥지않게 자는것도 하나의 필수 조건이다. 보일러를 30분전 정도에 미리 켜놓아야 온도가 올라가서 따뜻하게 된다. 두번째 '서로에게 당연한 사람이 있다는 것" 이라는 시는 내 가장 친한 친구와의 관계에 있어서 좋았을 바라보며 든 시점이다 서로가 생각한 고등학교가 다르지만 존중해 주고 아쉽지만 인정해 나가기로 했다. 그래서 약속했다. 꼭 이사가거나 전화번호 바뀌면 알려주고 모출 보라고 욕하면서 인사하는 그런사이. 요즘 '푸른밤 종현입니다' 라는 라디오를 듣는데 DJ이기 만했다. 가끔씩 오래 보는것이 좋다고. 하루를 마치는 나에게 주는 작은 위로의 한마디다.

이선정

행복주머니

내가 쓰는 프로필

N	이선정	

통합검색	블로그	LIVE	카페	○ ○ ○

연관	메뚜기	유재석	농촌을 지나 집으로	선정 성격
	방탄	ARMY	이선정 과거	사진

인물정보

선정 (이선정)

학생

출생 2001년 10월 5일

신체 158cm

소속그룹 3-4반

소속사 재동여자 중학교

내가 가장 행복할때	내가 가장 슬플때
내가 원하는 것이 잘될때	내가 원하는 것이 잘 되지 않을때.

나를 나타내는 노래	Good Time
내가 더 노력해야 할 부분	공부
힘을 주는 말	노력많이하게
10년후 나의 모습	교생 or 선생님.

「책」·4 2016. 11. 29. 금

"달리 말하자면 지금 여러분은 미래를 알 수 없을 겁니다. 그러므로 여러분은 현재의 순간들이 미래에 어떤식으로든 연결된다는걸 알았으면 좋겠습니다."

"일은 여러분 인생의 대부분을 차지합니다. 그리고 가치있는 일을 하는 유일한 방법은 스스로 하는 일을 사랑하는 겁니다. 만약 그런 일을 못 찾았다면 안주하지 말고 계속 찾아보세요. 그것을 찾아낸다면 스스로 느끼게 될 것입니다."

"여러분들의 삶은 기다려주지 않습니다. 그러니까 인생을 낭비하지 마세요."

"저는 이제 새로운 시작을 앞둔 여러분들에게도 이 말을 해주고 싶습니다."

"Stay Hungry, Stay Foolish.
늘 배고프라, 늘 어리석어라."

「스티브 잡스 이야기/김요리건 / 293~304P」

「내 생각」

이 이야기는 전에 학교 국어시간 때도 배우고 기말고사로 시험도 쳤다. 그때는 목표를 시험을 치기 위함으로만 두고 읽었었다. 시험이 끝나니 이 이야기가 더 듣고 싶어서 찾아보다가 이 책을 보고 사게 되었다. 내가 기대했던 만큼 이야기는 굉장히 재밌었다. 읽다보니 높은자리가 괜히 높은자리가 아닌것 같다. 그만큼 힘든 시련도 있었고 고난도 있었다. 그래서 나는 스티브잡스가 더욱더 멋있어 보이고 더욱더 존경스러워 보였다. 책 안에는 미래를 꿈꾸는 청소년들에게 해주는 조언도 많고 희망을 주는 말도 많았다. 이런 이유들 때문에 이 책이 더 끌리고 읽는데 거리감이 없었던 것 같다.

「책」· 5 2016. 8. 4. 수

"코제트, 이 은촛대를 네게 주고 싶구나.
내게 그것을 주신 분이 하늘에서 우리를 내려다
보고 계실거다. 내가 죽거든 아무데나 묻고,
비석에는 이름을 새기지 마라. 그리고 벽장안에
500프랑이 있으니 불쌍한 사람들을 위해
써주기 바란다."

그가 묻힌 묘지 앞의 비석에는 이름도 없이
다음과 같은 글이 새겨져 있었다.

"힘겨운 삶을 살면서도 희망과 용기를 잃지 않은 사람,
그가 여기 잠들었네. 불행한 사람을 위해 자신을
희생하며 목자의 길을 걸어온 사람.
이곳에 고이 잠들었네."

「장발장 / 빅토르위고 / 236 ~ 239 P」

「내 생각」

장발장은 내가 어릴때부터 많이 듣고 봐왔던 얘기이다. 어릴때는 책을 읽으면서 그냥 내용이 이랬구나 라는 식으로 넘겼지, 그 이상으로 생각을 해보지 않았던 것 같다. 그런데 커서 동화책이 아닌 좀더 두꺼운 책을 읽어보니 생각이 달라지고 그 뒷이야기와 사이사이의 이야기를 알수 있었다. 나는 이 문장을 읽으면서 많은 생각이 들었다. 죽음에 가까워지면서 까지도 나 자신이 아닌 다른 누군가. 불쌍한 사람들을 생각한다는 것이 놀라웠다. 이렇게 봉사정신이 투철하게 된것은 다 신부님 덕이라고 본다. 신부님께서 알려주신데로 장발장이 행동하니 딸에 아들들도 잘보고 큰것 같다. 이 책을 보며 죽음과 봉사에 대해 잘알 수 있어서 좋았다.

「책」. 6

2016. 8. 5. 목

그는 "이제 달라질 거야." 라고 외쳤다.

"침대는 사진이라고 불렀다.
책상은 양탄자라고 불렀다.
의자는 시계라고 불렀다.
신문은 침대라고 불렀다.
거울은 의자라고 불렀다.
시계는 사진첩이라고 불렀다."

.
.
.

"그는 얼마 지나지 않아 이처럼 자기 언어로 번역하는일이 힘들어졌다. 그리고 다른 사람들과 이야기 하는 상황이 두려워졌다."

"그의 이야기는 사실 우스운 얘기가 아니다.
이 이야기는 슬프게 시작되었고 슬프게 끝이 난다."

「책상은 책상이다 / 페터빅셀 / 27~32p」

「내 생각」

이 책의 제목을 보았을 때 나는 '뭐지? 뭐에 관한얘기지?'
라는 생각이 들었다. 그냥 단순한 색상에 관한 내용일줄 알았다.
그러나 책을 펼쳐보니 내 생각과는 전혀다른 반전인 내용이 있었다.
굉장히 황당한 얘기였지만 워낙에 이런얘기를 좋아하는 나는
재밌게 읽었다. 읽다보니 얘기가 밝고 좋았지만 끝에 갈수록
우울한 마무리로 끝났더니 괜히 나도 씁쓸했다. 신나게
읽다가 마지막 구절인 이야기가 슬프게 시작하고 슬프게 끝이
난다고 하니 무슨 기분인지 모를 혼란스러움이 나를 뒤덮었다.
이 책은 단순하면서도 어려운듯한 내용인것 같다. 자신만의
세계와 모두가 살아가는 두 공간을 함께 보여주는 이야기가
흥미로웠다.

「책」'17

2016. 8. 7. 일

잘 되고 있는 모든일에
관심을 갖고 긍정적으로 말하라!

"여러분이 알고있는 모든 사람들에게 긍정적인 것을
강조해주기 위해 의식적으로 노력하다 보면
예외적인 경우는 사라지고 긍정적인것을 강조
하는 일이 습관처럼 될것입니다. 그리고
긍정적인 습관의 대가는 여러분의
상상을 초월할 겁니다"

웨스는 자신의 노트에 '모든 사람들에게
긍정적인 것을 강조하라'고 적고
밑줄을 그었다.

「칭찬은 고래도 춤추게 한다 / 켄 블랜차드 외 / 92~94p」

「내 생각」

이 책은 내가 처음 읽었을때에는 내용이 나에게는 조금 어려웠다. 그래서 아직도 약간 애매한 부분이 몇부분 있기는 하다. 그래도 책에 나오는 연설의 내용을 보면 굉장히 좋은 말들이 많다. 그러다 보니 공책에 적을 때에도 많은 고민을 했었다. 겨우 골라내서 적게 된것이 저 구절이다. 나는 중학교 들어오면서 부정적인 면이 많이 생기기 시작하였다. 거기에다가 공부, 시험, 잔소리, 스트레스등이 더 덮치니 나는 더 심해져갔다. 근데 이 말을 보니 지금까지의 부정적인 것들은 싹 사라진듯 하다. 저 말처럼 긍정적인 습관을 들인다면 나 자신의 주위 일뿐만 아니라 모든 것이 좋아보일것 같다.

「책」 014

2016. 10. 4. 화

"엄마, 난 괜찮아.

괜찮긴 뭐가 괜찮아! 너만이라도 빨리 빠져나와!

애들을 놔두고 나 혼자만 나간다는 것은 말이 안돼요.

그럼 너만 억울하게 죽어! 정신 차리고 빨리나와.

엄마 말이 맞다고 해도 애들을 내버려두고 혼자만 살자고 빠져나갈 수는 없어.

주미야! 정신차려. 너 잘못되면 나도 못살아.

괜찮아. 엄마 어서 전화 끊어. 아이들과 함께 무사히 학교로 돌아갈테니 너무 걱정하지마."

「기울어진 시간 / 김덕배 / 29p」

세월호 사건은 정말이지 누구나 다 안타깝게 생각한다. 내 주위친구들 중에도 친척 언니들 이렇게 하늘로 가버린 분들이 많다. 유가족들은 얼마나 슬플까? 겨우 17살의 학생들이 꿈도 이루지 못한채 간걸 생각하니 정말 마음이 아프다. 뉴스를 한동안 떠들썩 하게 만들고 살아남은 반 학생들이 칠판과 책상에 여러편지와 꽃을 가져다 두고 우는 모습이 한창 방송이 되었다. 이렇게 어린 학생들도 자신보다는 남을 챙길줄 아는 이들이 많았다. 나라면 정신이 없어 허둥지둥 하고 있었을 텐데 그렇게 다같이 손잡고 희망을 주며 살아나온 것을 보면 너무 멋지다는 생각이 든다. 다피지 못한채 하늘로 간 분들에게는 정말 안타깝고 빨리 찾지 못해 미안할 따름이다

정소이

꿈꾸는 다락방

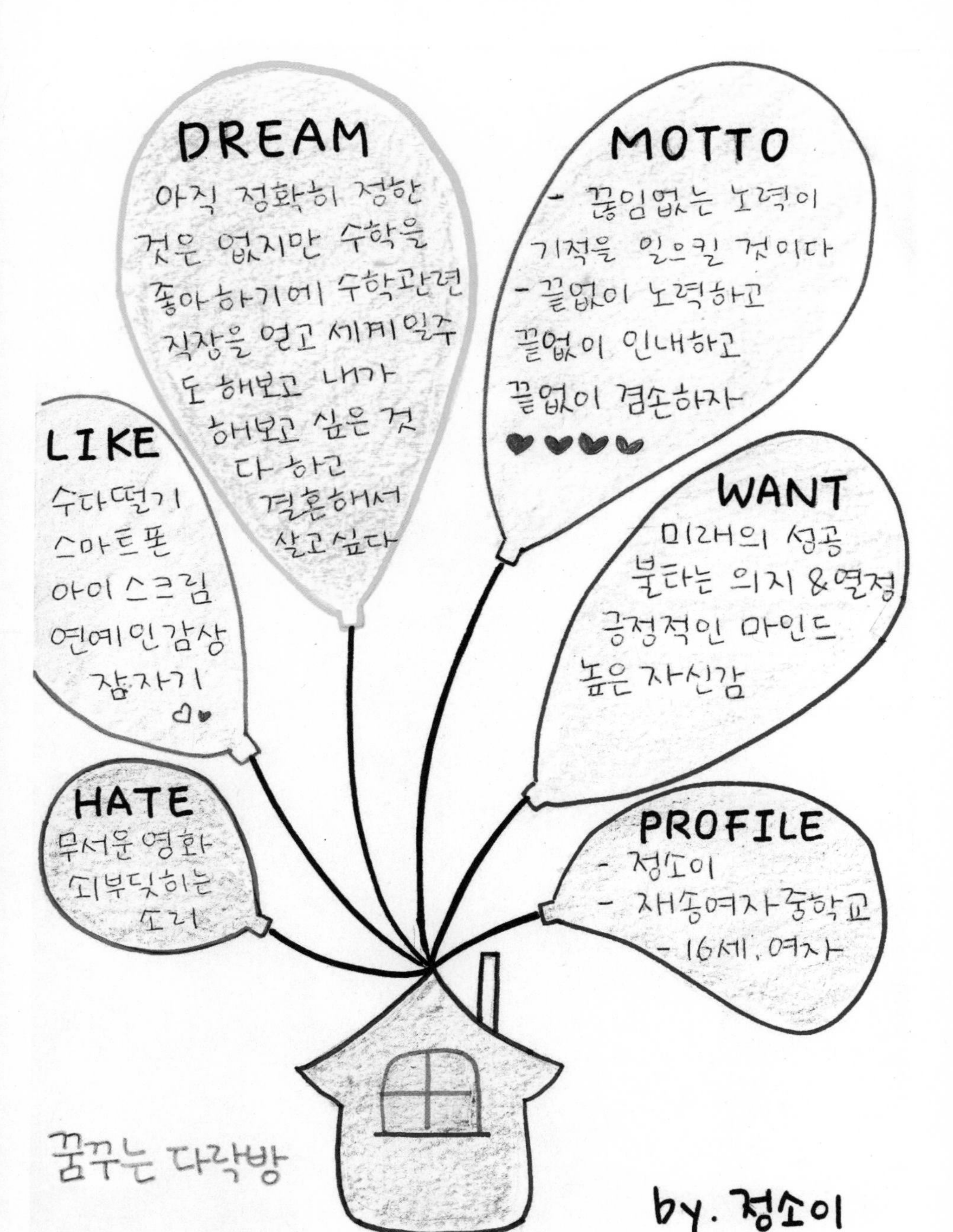
DREAM
아직 정확히 정한
것은 없지만 수학을
좋아하기에 수학관련
직장을 얻고 세계일주
도 해보고 내가
해보고 싶은 것
다 하고
결혼해서
살고싶다
MOTTO
- 끊임없는 노력이
기적을 일으킬 것이다
- 끝없이 노력하고
끝없이 인내하고
끝없이 겸손하자
LIKE
수다떨기
스마트폰
아이스크림
연예인감상
잠자기
WANT
미래의 성공
불타는 의지 & 열정
긍정적인 마인드
높은 자신감
HATE
무서운 영화
쇠부딪히는
소리
PROFILE
- 정소이
- 재송여자중학교
- 16세, 여자
꿈꾸는 다락방
by. 정소이

「어느 날 내가 죽었습니다」

-이경혜 지음-

어느 날 나는 분명히 죽을 것이다. 언젠가는 말이다. 늙어 꼬부라져 죽을 수도 있지만, 불의의 사고로 젊은 나이에 죽을 수도 있다. 죽음이란 그런 것이다. 죽음이란 건 왜 생겨났을까…… 열여섯 살, 내 나이는 죽음과는 상관 없는 나이처럼 보인다. 그래서 나는 이런 장난도 하는 것이니라. 하지만 열여섯 살, 아니 그보다 더 어린 나이에도 죽음은 얼마든지 찾아 온다.

-163p. 2~7줄. 이경혜-

죽는 건 어떤 걸까. 죽으면 다른 세상이 있는걸까. 아니면 다른 존재로 바뀌어서 다시 태어날 수 있는 걸까. "엄마는 환생을 믿어?" 라고 물었더니 엄마는, "그런 건 없어. 죽으면 모든 게 끝날 뿐이야. 그러니까 살았을 때 잘 살아야 돼, 열심히" 하고 대답했다. 참으로 엄마다운 대답이라고 생각했다.

-163p. 11~16줄. 환생-

우리는 죽어서 무언가 다른 존재의 한 부분이 되지 않는가 말이다. 물론 기억도 없고, 형체도 달라진다. 그래도 사라지는 건 아니니까 환생이라고 볼 수 있지 않을까.

-164p. 1~3줄. 죽음-

죽음

이 책의 주인공인 재준이처럼 나도 열여섯이다. 열여섯살은 죽음과는 거리가 멀다고 생각해왔다. 그런탓에 어쩌면 하루하루를 의미 없이 살아온건지도 모르겠다. 자신의 앞길은 누구도, 심지어 나 자신도 모른다. 내가 어떤 직업을 갖게될지 언제 어디서 무슨일이 일어날지, 이에 따라 내가 언제죽을지 아무도 모르는 것이다.

스티브잡스의 세가지 이야기를 들었던 적이있다. 그 이야기중 죽음에 대한 이야기가 있었는데 스티브잡스가 췌장암에 걸렸을때 "오늘이 내 인생의 마지막 날이라면, 지금 하려고 하는 일을 할것인가?", "시간은 한정되어 있다! 그러므로 다른 사람의 삶을 살지 말라 타인의 견해가 내면의 목소리를 삼키게 못하도록 하라! 가슴과 영감을 따르는 용기가 가장 중요하다", "늘 갈망하고, 우직하게 나아가라"라는 등 나에게 죽음에 대해 다시 한번 깊게 생각 할 수있는 말씀이었다. 이 말을 내 속에 깊게 새기고 죽음은 피할수 없는 인간의 숙명이기에 하루하루를 소중하게 살아야겠다.

죽는 다는 건.

자신의 일을 다끝내는 것.

자신의 인생을 마감한다는 것.

「감옥에서 쓴 편지」 장-프랑수아 샤바스 지음
정혜용 옮김

천사가 유행이었지요. 그럼요, 나조차 안답니다. 여기에도 텔레비전과 잡지들은 있으니까. 천사라는 아이디어가 왜 그렇게 사람들을 끌어당겼을지 생각해 봤는데 아마도 천사들이 인간에 대해 보여 주는 연민 때문이 아닐까 싶어요. 천사들, 그들은 우리가 각자의 짐을 질 수 있도록 돕고, 그들의 날개 위에 우리의 고통과 두려움을 올려놓지요. 인간에게서는 그토록 드문, 하지만 천사들에게는 무한한 그 연민. 당신은 나의 천사랍니다. 안녕.

- 118p. 천사 -

2001년 11월 23일
안느, 당신이 나와 함께 산에 가자고 말을 꺼낸 뒤로 난 계속 그 생각을 해요. 내게 너무 과분하군요. 마치 모든 상황이 안 좋고 너무나 절망적일 때, 무너지지 않기 위해서 뭔가 매달려야만 할 때, 머릿속에 붙잡아 두는 바보같은 꿈들 중의 하나인 것만 같아요. 단지 이번에는 실제라는 것만 빼면요. 당신은 존재하고 - 암, 그럼요 - 그리고 난 두 달 후면 나갈 거예요. 난 초조하고, 가만히 있지를 못해요. 누워 있을 때조차도 한참을 달린 사람처럼 가슴이 쿵쿵거려요.

- 149p. 사랑 -

사랑

나는 열여섯이다. 그래서인지 아직 사랑에 대해 깊이 생각해 본적도 많지 않고 아직은 잘 모르겠다. 하지만 이책에서 감옥에 살인죄로 갇히게 된 남자가 한여자를 위해 계속해서 편지를 써나간다. 그 내용이 오글거리기도 하지만 한편으로는 그 여자만 바라보고 사랑한다는 점에서 로멘틱했다. 감옥에서 이런마음 가지는 게 그리 쉽지만은 않은 일이기에 남자가 대단해 보였다.
남자가 사랑하는 안나는 이 편지들을 받으며 어떤 생각을 했을까? 내가 안나라면 남자가 걱정되기도 하지만 한편으로는 편지를 보낸다는 것이 잘 살고 있다는 뜻이기에 안심되기도 할 것 같다.
이런게 진정한 사랑이지 않을까?

당신을 위해 이 모든 걸

이겨낼게요...

ps. 천사

「프루스트 클럽」 김혜진 지음

구름이 없어 까맣기만 한 밤하늘. 희게 빛나는 별들.
투명한 밤. 끝과 시작을 잇고 있었던, 여기의 밤.
나는 세상의 가장 높은 곳에서 세상을 내려다보는 기분이었다.
굴곡진 산과 기다란 흉터 같은 강, 뿌옇게 흐려지는 지평선.
이제 내가 가야 할 곳이 한눈에 보이는 것 같았다.
나는 길을 잃지 않을 수 있을 것이다. 잃어도, 잃은 게
아닐 것이다. 어디에 닿아도 좋을 것이다. 나는 자유로울 것이다.
정말, 그럴 수 있을 것 같았다.

— 228p. 자유 —

왜 준비할 시간도 주지 않는 거지? 아니, 왜 나는 하나도 미리
알아차리지 못한 거지? 나는 뭘 하고 있었던 거지?
이렇게 끝난다…… 끝나 버린다. 견딜 수 없이 무거운
상실감이 밀려왔다. 왜 모든 일은 바래져야만 하는 걸까.
왜 까발려지게 되는 걸까. 영원히 계속될 거라고 믿었던
건 아니었지만. 아니, 아니다. 나는 믿고 있었다.
정말로 영원히 계속될 것처럼. 나는 울다 지쳐 잠이 들었다

— 236p. 상실 —

감정

만남이 있으면 이별도 있는 법이다. 그래서 이 책속의
프루스트 클럽 아이들도 어쩌면 당연한 거 일지도 모른다.
주인공도 자유로울 것만 같아 좋아했지만 정작 헤어지게
되어야 했기에 울다 지쳐 잠들었다.

나도 이처럼 정말로 친했던 친구가 전학을 가게되어
어쩔수 없이 헤어져야 했던 기억이 있다. 물론 최근에
누리소통망(SNS)가 발달해 다시 연락이 됐지만,
그때를 생각하면 아직도 생생하다.

문득 또하나가 생각났다. 어렸을 때 우리들은 빨리
어른이 되고 싶어했다. 아마 현재도 마찬가지 일 것이다.
하지만 정작 어른이 되면 학창시절을 그리워 하겠지.
인간의 감정이란 알다가도 모르겠다.

만남뒤에 이별

#「국경 없는 마을」

박채란 글·사진 한성원 그림

엄마, 저는 사실 음악이 하고 싶어요. 노래도 부르고
기타도 치고 싶어요. 취미로 그냥 조금씩 부르는 거 말고
진짜 록 음악가수가 되고 싶어요. 가끔 기분이 우울할 때면
무대 위에서 머리 흔들며 노래하는 내 모습을 상상해요.
그러고 나면 가슴이 두근두근하고 기분이 좋아져요.
하지만 음악을 시작하기엔 저는 나이가 너무 많아요.
그리고 음악을 하고 가수가 되도, 웬만큼 해서는 돈을
벌기가 어렵다는 것도 알아요. 그래서 아직은 그냥 이런저런
생각 중이에요. 제 또래의 아이들이 다 그렇듯 저도 꿈이
많아요. 가수도 되고 싶고 경찰관도 되고 싶고, 운동선수도
되고 싶어요. 하지만 아직은 그 중에서도 록 음악 가수가
제일 하고 싶다, 이 말이에요. 제가 이런 이런 사람이 되고
싶다고 엄마한테 말하면, 엄마는 제가 하고 싶은 것을
하라고 늘 말씀해 주셨죠. 엄마가 그렇게 이야기해
주셔서 너무 고마워요. 하지만 저는 알아요. 엄마가 말씀은
그렇게 하시지만 사실은 제가 변호사나 의사가 되기를
바라신다는 걸요. 저도 엄마가 바라는 사람이 되고 싶어요.
저는 엄마의 하나밖에 없는 아들 따와니까요. 엄마 아빠
없이, 혼자서 저를 키우느라 얼마나 고생하신지 잘 알고
있고 그럴수록 멋진 사람이 되어서 보답하고 싶어요.

- 134~135p. 꿈 -

꿈

많은 10대들에게 "꿈이 뭐에요?" 라고 물으면 대부분이 의사,
선생님, 요리사 등 직업을 말하곤 한다. 보수가 좋은 직장,
내 성적에 맞는 직장 등 정작 자신이 무얼할때 즐거워하고
행복해 하는지, 뭘 잘하는 지 잘모르는 10대가 많다.
10대들은 꿈을 꾼다. 미래의 자신의 모습을 하지만 현실 속의
압박감에서는 날개를 펴보기도 전에 부러뜨린다.
자신이 할수 있다는 굳은 의지와 피나는 노력만 있다면
간절히 원한다면 이룰수 있는 것들은 학력 속에서 않가진다.
이러한 슬픔 속에 과연 나 또한 잘하고 있는 걸까?
생각하게 된다. 나는 미래의 성공에 대한 기대 만 하고
있을 뿐 나도 이러한 사실을 머리 속에 새겨놓고 있지만서도
정작 나의 몸은 실천하질 않는다. 실패에 대한 두려움
때문이 있을까? 아니다. 그것은 핑계일 뿐이다.
가족또한 나의 꿈과 미래를 위해 힘써주고 계신다.
하지만 고등학교라는 전쟁터 속에 가기도 전에 너무 겁먹은
나머지 방황하고 있는지도 모른다. 나는 커서 무슨 사람이 될까?
내가 하고 싶고 좋아하는 일을 찾아 의지를가지고
노력하여 원하는 곳에 도달하기를...

늘 갈망하고

우직하게 나아가라

- 스티브 잡스 연설 中 -

「국경 없는 마을」

박채란 글·사진 한성원 그림

언젠가 어른이 될 저 아이들의 가슴속에 한국은 어떻게
남아 있을까? 고국에서 말 외에는 별다른 장난감이 없었던
몽골 아이들은 한국에 컴퓨터와 게임기에 맛을 들여서
이제 몽골에 가면 심심해서 못 살 것 같다고들 한다.
그래서 한국이 너무 좋단다. 하지만 그게 다일까?
경찰이 부모를 질질 끌어가고, 외국인이라는 이유로 학교에
다니지 못하고, 설사 간다 해도 다른 국적을 갖고 있다는
이유로 무시당하고, 한국말 못하고 공부 못한 다는 이유로
주눅이 들어야 했던 그 모든 기억을 아이는 잊을 수 있을까?

- 차별 -

외국인 불법 체류자의 자녀는 그의 부모와 마찬가지로 출입국
관리법상 불법 체류자이지만, 그 자녀가 법을 위반한 것으로
간주되지는 않는다. 그러므로 부모의 체류 자격과 관계없이
자유권, 평등권, 사회권 등 인간의 기본 권리를 보장받을 수
있는 것이 원칙이다. 유엔의 아동권리협약에 의하면
"아동은 인종, 피부색, 언어, 종교, 정치적 또는 사회적 출신
등의 신분에 의한 차별을 받지 않는다."라고 명시하고
있고 우리나라는 이 아동권리협약의 가입국이기도 하다.
하지만 실제로는 불법 체류 외국인 노동자의 자녀 또한
사회적으로나 법적으로 그들의 부모와 같은 불법 체류자로
인식되는 것이 우리나라의 현실이다.

- 141p 외국인 노동자의 자녀

차별

이책의 제목인 '국경 없는 마을'의 의미를 생각해보니 국가의
차별없이 화목하고 어우러진 세상을 말하는 듯했다.
인종, 피부색, 언어, 국가, 종교, 정치, 사회적 신분 등으로 부터의
차별에서 벗어난 모두가 동등한 인격체이고 정당하게
존중받을 권리가 있기에 흔히들 말하곤 한다. 하지만
우리나라에서도 차별은 있었다. '백인우월주의'이다.
이에 따라 동남아시아계의 사람들은 차별받기 일쑤이다.
그 내용을 담은 것이 이책이다. 이책은 외국인 불법 체류자의
자녀가 이러한 차별을 받는 다는 현실을 말해주고 있다.
어린나이의 아이들이 국적이다르다는 이유만으로 무시당하고
부당한 대우를 받는다는게 말이나 되는가. 언제부터 이런
차별, 선입견, 고정관념이 생겨났는지 모르겠다. 하지만
이런 차별은 절대 합리적이고 정당한 것이 아니기에
문제가 되는 것이다. 너무 억울하지 않은가.
더이상 이런 끔찍한 비극이 일어나지 않게 선입견을
고치려는 인식을 가지고 주위를 잘 살펴보아야겠다
하지만 이런 일밖에 할수 없는 내가 아이들에게
정말 미안하다 생각된다.

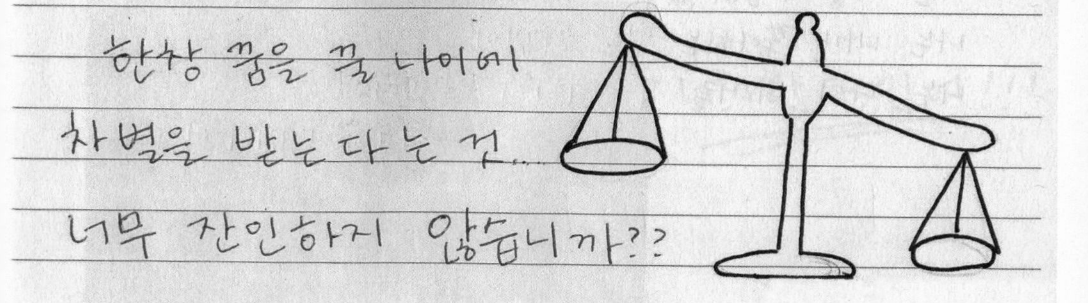

「바보 빅터」 호아킴 데 포사다

"이 세상에 완벽하게 준비된 인간이란 존재하지 않아. 또 완벽한 환경도 존재하지 않고, 존재하는 건 가능성뿐이야. 시도하지 않고는 알 수가 없어. 그러니 두려움 따윈 던져버리고 부딪쳐보렴. 너희들은 잘할 수 있어. 스스로를 믿어봐."

- 98p. 레이첼 선생 -

"누구나 일이 안 풀릴 때가 있단다. 그때마다 사람들은 자신의 능력을 의심하지. 그리고 꿈을 포기하려고 이런저런 이유를 만들어. 하지만 모두 변명일 뿐이야. 사람들이 포기를 하는 이유는 그것이 편하기 때문이야. 정신적인 게으름뱅이기 때문이야. 로라, 너의 고귀한 목표를 되새겨보렴. 너는 글쓰기를 좋아하고 그것은 가치있는 일이야. 그렇다면 이런 상황쯤은 이겨내야 해."

- 139p. 로라에게 -

나는 세상의 눈으로 살았던 내 인생을 돌려받겠다.
나는 그 어떤 세상의 말보다 내 생각을 가장 존중하겠다.
나는 나를 사랑하겠다.
나는 내가 좋아하는 일을 하겠다
나는 나의 미래를 두려워하지 않겠다.

- 193p. 빅터의 다짐 -

레이첼 선생

세상에 완벽한 사람은 없다. 잘할수 있다. 스스로를
믿어봐. 너만 그런게 아니야 이겨내야해.
위의 말들은 모두 레이첼 선생님께서 자존감이 낮은
빅터와 로라에게 해주신 말씀이다.

예전에는 내가 실수를 곧잘 했기에 나는 항상
안되나보다 이렇게 생각하곤 했다. 하지만 가족들과
친구들의 위로와 나에게 심어준 용기 & 의지 덕에 극복할
수 있었던 것 같다. 인간은 홀로 살아갈 수는 없는 존재다.
서로의지하고 도움주며 살아가야 한다. 지금 나는 학교라는
틀에 있지만 몇년 뒤 성인이 되어 사회에 나가게 되면
더 많고 다양한 각기 다른 사람들을 만나게 될것이다.

빅터와 로라는 따스하고 다정하며 자신에게 용기와 의지를
불어넣어주는 레이첼이라는 좋은 선생님을 만났다.
빅터는 IQ 73이라 놀림받았고 로라는 못생겼다고 가족들에게
세뇌하듯 들어왔다. 이런 아이들에게 레이첼 선생님은
정말 자신감도 불어 넣어주어 결국 빅터와 로라가 성공하고
행복한 삶을 살게되었다. 비록 이 책의 주인공은 빅터이지만
나는 레이첼 선생님께 박수를 보내드리고 싶다.

넌 할수 있어!!!

「바보 빅터」

호아킴 데 포사다

"우리는 콘래드 힐튼의 쇠막대기처럼 무한한 가능성을 갖고
있습니다. 절대로 우리의 가치는 정해져 있지 않습니다.
몇몇 사람들은 제가 IQ가 높기 때문에 성공했다고 말합니다.
하지만 여러분들도 아시다시피 저는 17년을 바보로 살았습니다.
17년동안 IQ는 제게 아무런 도움도 주지 못했습니다. 아무리
뛰어난 재능을 지닌 사람도 자신을 과소평가하면 재능을 펼치지
못합니다. 자신이 딸굽밖에 될수 없다고 생각하면 딸굽밖에
되지 못하고, 바보라고 생각하면 진짜 바보가 되는 것입니다.
콘래드 힐튼은 또 이렇게 말했습니다. '남의 재능을 부러워하지 말고
자기가 가진 재능을 발견하라. 당신의 가치는 자신이 만드는 틀에 의해
결정된다.' 우리는 숫자로 가늠할 수 없는 능력을 가지고 있습니다.
해보지도 않고 절대 자신의 능력을 재단하지 마십시오. 자신을 믿으십시오.
그러면 행동도 위대하게 변할 것입니다. 때때로 현실은 여러분의
기대를 배반할 것입니다. 앞으로 여러분은 몇번의 고배를
마실 것이고, 그때마다 스스로에 대한 실망감이 밀려올 것입니다.
하지만 마지막까지 자신의 가능성을 의심해서는 안 됩니다.
의기소침해지거나 미래에 대한 불안함이 찾아올 때마다,
17년을 바보로 살았던 빅터 로저스의 인생을 기억해주시기 바랍니다.
세상에서 가장 멍청했던 남자의 이야기를 들어주셔서 감사합니다.

- 197~199p. 빅터의 연설 -

왼쪽 글의 연설을 한 주인공은 바로 자존감이 낮았던 빅터이다. 빅터는 레이첼 선생님 덕분에 재청해 자신을 발견하게 된것이다. 그래서 빅터의 연설은 더욱 가슴에 와닿았다. 나도 남의 재능을 부러워하고 정작 나는 시도조차 해보지도 않고 스스로 나를 비판하고 자책했다. 나는 안될꺼라고 생각할 그 시간에 자신의 장점과 적성을 찾아보는건 어땠을까. 자신의 숨겨진 재능을 찾기도 전에 가두는 것은 너무안타까운 일이다

갑자기 나도모르게 세월호사건이 문득 떠올랐다. 영원히 18살일 무한한 가능성들을 말이다. 자신의 꿈을 위해 한창 열심히 하고 있을 18살들에게 이런 고난을 받게 한다는 것이 너무나 슬픈 사건이다. 아직 제대로 사회에 나가기도 전에 이런 끔찍한 일을... 다신 이런 비극적인 잔혹이 생겨서는 안 된다. 그들의 꿈과 미래는 점차 희미해질지도 모른다. 하지만 그들의 노력과 안타까움을 절대 잊혀지지 않을 것이다.

PS. 세상에 날개를 펼쳐 보지도 못하고 안타까운 단원고 학생들을 항상 가슴에 새기겠습니다.

「까칠한 재석이가 사라졌다」

고정욱

그동안 꿈속을 헤맨 것만 같았다. 마땅히 자신이 누려야 할 세상의 달콤함을 재석은 알지도 못했다. 부끄러웠다. 살아있음을 감사하며 자연과 하나되어 영혼과 육체가 모두 즐거울 수 있는 그대로의 모습을 가진 조르바가 숨막히는 존재감으로 다가왔다.

"내 인생은 내 건데 나는 남의 눈을 의식하며 어리석게 살았어."

옳고 그른 게 문제가 아니었다. 삶을 열정을 다해 느끼고 살아내는 것, 그것이 가슴 터질 듯한 젊음이고 재석이 갈망하는 것이었다. 이제까지 과연 얼마나 자신을 불사르며 지냈었던가 생각하니 고개를 들 수 없었다. 단 하나뿐인 삶을 열심히 살지 못한 회한에 재석은 자신에게 미안했다. 새벽까지 책을 읽고 마지막 책장을 덮은 재석의 눈에서는 눈물이 흐르고 있었다.

— 166p —

엄마의 손길이 그리웠던 소녀

이 구절을 보자마자 박근혜 대통령이 떠올랐다. 자신의 삶을 무당에게 맡긴다는 것이. 대한민국을 무당에게 맡긴다는 것이 헌법적으로, 도덕적으로도 옳지 않다고 생각한다. 아무리 자신의 어머니가 그립다 하더라도 최태민의 말을 믿었고 또 그의 딸 최순실의 말에 따라 자신의 삶을 내놓았다는 사실이. 한편으로는 박근혜 대통령이 불쌍하기도 하다. 어렸을 적부터 스스로 해온게 없이 공주대접받기만 했으며, 부모의 총살을 자신의 눈으로 봤기에 어쩌면 기댈사람이 필요했던 것인지도 모른다. 그저 최태민이 그 소녀의 마음을 이용했고 소녀는 믿은것일지 모른다. 하루 빨리 박근혜 대통령이 스스로 반성하고 하야하여 [illegible], 다른사람이 아닌 자신만의 삶을 살길 바란다. 최태민, 최순실은 하루 빨리 국민께 사과하고 죄 값을 치렀으면 좋겠다. 최순실, 최태민 뿐만이 아니라 어쩌면 다른 여러사람들이 이와 같은 행동을 했을지 모른다 현재 온국민이 정치에 관심을 갖고 있는 가운데 이 관심으로 인해 하루빨리 자백하여 남은 여러사람들까지 죄값을 치루었으면 좋겠다. 어쩌면 우리가 투표를 하지 않은채 박근혜 대통령 탓만하고 있는 지도 모른다. 모두가 지금처럼만 정치에 관심을 가졌으면 좋겠다. 현재 위험을 무릅쓰고 시위, 언론등 힘다해 시위하는 용기내는 사람들이 많길. 정치에 관심을 갖길. 박근혜정부는 자신만의 삶을 갖길 바란다.

정주희

넥타르

에필로그)

"어제는 역사이고,
내일은 미스터리이지만
오늘은 선물이다.
그래서 우리는 오늘을
선물present 라고 부른다."

-Sun Dials and Roses of Yesterday

제1장) 나를 5글자로 나타내보자.

- 기쁨, 여유, 달, 침대, 하회탈

제2장) 나의 버킷리스트를 소개해보자.

- 중국어 유창하게 하기
- 우주에 가보기
- 아주 아주 큰 침대 사기

제3장) 아직 초플인 내가 책을 내다니...

제 책은 조금 미성숙할 수도 있고 감동이 없을 수도 있지만 저를 알아간다는 느낌으로 예쁘게 봐주세요.

2016년 7월 18일 월요일
앨리스! 너의 보드라운 손길로
이 이야기를 받아다
어린 시절의 꿈으로 엮은
신비한 추억의 보금자리에 놓아 두렴
머나먼 나라에서 꺾어 온
순례자의 시든 꽃다발처럼
p.14

"여기서 나가는 길 좀 가르쳐 줄래?"
"그건 네가 어디로 가고 싶은가에 달렸지."
p.114

"자, 이제 네 모험담이나 들어 보자."
앨리스가 약간 머뭇거리며 입을 열었다.
"제 모험은, 그러니까 오늘 아침부터였다고 할 수 있어요.
어제 이야기는 아무 의미가 없어요. 전 어제의 제가 아니거든요."
p.194

-「이상한 나라의 앨리스」 루이스 캐럴-

이상한 나라의 앨리스는 항상 디즈니 애니메이션으로 보다가 처음으로 책을 읽어 보았다. 붙잡을 수 없는 상상력과 동심의 세계에 빠질것을 기대했지만 사실 조금 충격 받았다. 이야기 중 등장하는 공작 부인은 '사내 아이가 울면 거칠게 때려서 달래야 된다'는 성 차별적인 이야기부터 아기가 돼지로 변하면 달랠 필요가 없다는 무자비한 말까지 나오고 3월의 토끼가 미친 이유는 발정기이기 때문이라는 설명을 읽을 때는 이게 과연 동화인가?에 대해 진심으로 고민해 보기도 했다. 하지만 다른 면에서 보면 이런 엽기적인 설정은 '이상한 나라'라는 것을 한층더 강조해주었고 이를 헤쳐나가는 앨리스의 당돌함과 조금의 똘끼또한 읽는 재미가 있었다.

무엇보다 이상한 나라에서 줄 수 있는 당혹감과 교훈은 강렬하게 머릿속에 박혀 잊혀지지 않는다. 왼쪽편에 적은 대목을 제외하고도 그래 있는데 아무리 사소한 것까지 교훈으로 삼고 즐거워하는 부분과 왕과 왕비가 참여한 경기가 평등하지 않은 것만 보아도 알 수 있다

킬링 타임에 강력 추천하는 책

2016년 8월 15일 월요일 〈광복절〉

덤블도어가 마치 지팡이 끝에 붙은 파리를 떼어 내려고 하는 것처럼,
요술지팡이를 휘둘러 가볍게 치자, 지팡이에서 기다란 황금빛 리본이 흩날리더니,
테이블 위로 높이 올라가, 뱀처럼 비틀리면서 노래 가사로 변했다.
"모두들 아무거나 자신들이 좋아하는 가락으로 부르세요."
덤블도어가 말했다. "그러면 시작!" 전교생이 고함지르듯 노래를 불렀다.
(생략)
모두들 각자 다른 시간에 교가를 마쳤다. 결국, 위즐리 쌍둥이 형제만이
남아 매우 느린 장송 행진곡으로 따라 부르고 있었다.
덤블도어는 마지막 몇 소절은 요술지팡이로 지휘를 했고 그들이 노래를 마치자,
큰 소리로 박수를 쳐주었다.
"오, 음악." 그가 눈물을 훔치며 말했다.
"그 어떤 것보다 더 멋진 마법이여!"

p. 182~183

-「해리포터와 마법사의 돌」 조앤 K.롤링 -

사실 내 나이 또래라면 해리포터를 거의 다 좋아하겠지만 난 아니었다.
모든 사람들이 좋아하는 건 싫다는 일종의 반항심 때문이었을까?
하지만 해리포터 세계관을 우연히 알게된 후로는 이 책을 안 읽을 수 없었다.
(앞서 메이즈러너 독후감에서도 알 수 있듯이 난 나와는 다른 세계관이 확실히
짜여있으면 빠지지 않고는 못 배긴다.) 호그와트를 비롯한 나머지 마법학교들
그리고 그 안에 있는 거주자들은 실제로 존재할 것 같은 현실감을 주고 조앤·K·롤링에게
영업당하게 한다.
내가 왼쪽 편에 적은 인상 깊은 장면은 나와는 다른 것 같은 세계, 마법으로 인한
완벽할 것 같은 세계가 마법보다 노래를 더 높이 평가하는 인간성을 보였기 때문이다.
실제 우리 머글들의 세계에도 "음악은 국가에서 허락한 유일한 마약이다."라는
말이 있지 않는가?
게다가 그 마약을 즐기는 나에게 더 와닿기도 했다.
항상 똑같이 지나가고 낭비하는 것만 같았던 이 여름방학에 해리포터와 마법사의 돌을
읽은 건 정말 숨겨진 보물을 찾은거와 같은 일이다.
나머지 시리즈도 〈넥타르〉에 적을 수 있기를 바란다!!

호그와트 마법학교

교장 : 알버스 덤블도어
(멀린 1등급 훈장, 위대한 마법사,
최고 거물, 국제 마법사 연합회 회장)

친애하는 정주희씨에게,
귀하가 호그와트 마법학교에 입학하게 되었다는 걸 알려드립니다.
필요한 모든 책과 비품 목록을 동봉하니 참고하시기 바랍니다. 학기는 9월 1일에 시작합니다.
7월 31일까지 당신의 부엉이를 기다리겠습니다. 안녕히 계십시오.
교감
미네르바 맥고나걸.

2016년 8월 28일 일요일.

"감사합니다. 선생님."

들어서는데 김태호 선생이 재석을 따로 불렀다.

"재석이 잠깐 보자."

"네?"

인성이 없는 조용한 곳으로 간 김태호 선생이 물었다.

"너 왜 이렇게 이 일에 나서는 거냐? 듣자하니 너와는 크게 관계도 없는 일 같은데."

"……"

"이상하잖아. 네가 갑자기 사회복지사라도 되는 것처럼 이러니까."

"그, 그게요."

재석은 그제야 왜 이렇게 은지 일에 발 벗고 나서게 되었는지를 생각해보았다.

특별히 원하는 것이나 바라는 것도 없었다. 그런데 왜 이렇게까지 나서는 것일까?

은지의 부른 배가 떠오르자 갑자기 그 이유가 분명해졌다.

"은지가 낳은 애는 아빠 없이 자랄지도 모르잖아요."

"……"

김태호 선생이 잠시 당황했다.

"저는 그게 뭔지 좀 알거든요. 아빠가 없다는 것. 그래서예요. 그거뿐이에요."

p. 75

- 「까칠한 재석이가 열받았다」 고정욱 -

내가 까칠한 재석이 - 1편에서 감동과 교훈은 커녕 문제점만 느낀 것 같은데,
2편에서는 현실에 대한 조언을 들은 것 같고 3편에서는 정말 깨달은 점이 많았다.
우선 이 책은 청소년들의 이성교제와 임신이라는 우리와 가장 가까이 있는 문제들을
'무조건 나쁜 것이 아니다.' 식으로 잘 풀어낸 것 같다. 고로 21세기를 살아가는
학생이라면 꼭 읽어봐야 할! 학교의 성교육 자료보다 더 유익한 책이다!
또 청소년 임신과 관련된 사회와 어른들의 문제점도 굉장히 잘 짚어냈는데,
저출산 문제가 심각한 우리나라에서 미성년자의 임신과 출산을 너무 죄악시하고
실제 법을 어긴 것도 아닌데 학교 퇴학 / 배움의 기회 삭감등의 너무 가혹한
행위를 한다고 반복적으로 이야기 해준다.
대만에서는 실제 학교에 수유실이 있으며 범죄를 저지른 청소년들은 죄를 삭감해
주고 임신과 출산을 한 청소년한테는 왜 이러냐는 등등의 논리적인 근거를 덧붙여서
까지 말이다.
그리고 평소 청소년의 임신과 출산이 무작정 나쁘다고만 생각한 나의 생각을
뒤엎어주며 사회의 모순점을 알 수 있어 너무 뜻 깊고 많은 생각(내가 임신을
했다면 과연 낙태할 수 있을까..?)을 하게 해준 책이었다.

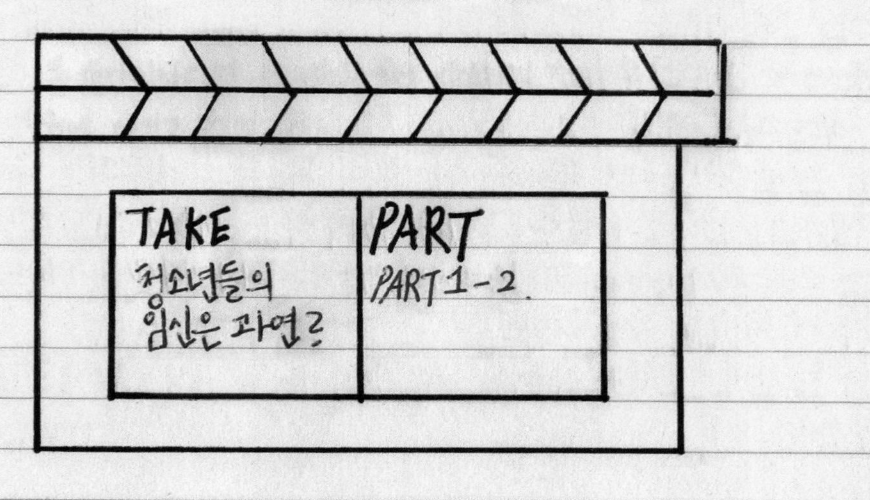

2016년 8월 31일 수요일.

"나가시오! 키팅 선생! 지금 당장!"

학생들의 눈길이 모두 키팅 쪽으로 쏠렸다. 그는 학생들을 천천히 바라보며 뜻 모를 웃음을 짓더니 곧 몸을 돌려 문 밖으로 향했다.

그때였다.

"오! 선장님! 나의 선장님!"

토드가 떨리는 목소리로 외쳤다. 키팅은 뒤돌아서며 토드 쪽으로 눈길을 돌렸다. 스승과 제자 사이에 말없는 교류가 이루어지고 있었다. 다른 학생들은 번갈아 가며 토드와 키팅 선생을 바라보았다. 그때였다. 갑자기 토드가 한 발을 들어 책상 위에 올려놓더니 다른 한 발마저 책상 위에 올려놓았다. 그리고 흘러내리는 눈물을 간신히 참으며 키팅 선생을 쳐다보았다.

(중략)

그리고 마침내 모든 학생이 책상 위로 올라서더니 떠나는 키팅 선생에게 말없이 인사를 보냈다. 캐머룬만이 자리에 앉아 어리둥절한 채 주위를 두리번거릴 뿐이었다.

놀란 교장은 학생들을 말리는 것을 포기하고 그 자리에 꼼짝 않고 서 있었다. 옛 추억 선생님을 향한 거침없는 학생들의 모습에 그저 놀랄 뿐이었다. 키팅은 북받치는 감정을 억누르며 문 옆에 서 있다.

"고맙다, 모두들. 정말 … 고맙다."

그는 그렇게 말하고 토드와 눈을 맞춘 다음 나머지 '죽은 시인의 사회' 회원 모두와 눈을 맞추었다. 더 이상의 말이 필요하지 않았다. 잠시 후 키팅은 고개를 끄덕인 뒤 천천히 몸을 돌려 교실을 빠져 나왔다. 학생들은 각자의 책상 위에 서서 키팅 선생이 떠나는 모습을 지켜보며 소리 없이 작별을 고했다.

닐이 죽고 이제 키팅 선생도 떠나지만 '죽은 시인의 사회'는 이들의 마음속에 영원히 남게 될 것이다.

p. 339 ~ 340

—『죽은 시인의 사회』 N.H. 클라인바움—

카르페디엠, 오늘을 즐겨라.

나의 생각을 바꾸어준 책! 읽은 책이 아주 많지는 않다면 내 인생책!
처음 이 책을 알게 된 건 영화관에서였다. 평소 책과 영화에 큰 감동을
받지 않는 엄마가 강력 추천하기도 했고 <죽은 시인의 사회>라는
제목이 너무 강렬해서 읽고 싶었는데 밤샘토론에서 이 책을 고를 수 있어
너무 행복했다! 이 책과는 인연인가보다!

책을 읽으면서 느꼈는데, 죽은 시인의 사회의 교육이 우리나라와 매우 비슷한 것
같다. 자신이 정말로 원하는 게 있어도 부모님의 억압과 사회의 선호에 따라
맞춰나가야 되고 현실에 대해 아무것도 모르겠고 지키기만 하는데도 명문고/명문대에
입학해야 한다는 점, 그리고 진실된 교육보다는 대학을 가기 위해 공부하는
주입식적인 사회는 몇 십년 전의 미국인데도 불구하고 익숙한 느낌을 받았다.
특히 청소년들이 자살하는 이유를 알고 싶으면 닐에게 이입해보면 될 것 같다.
키팅 선생님은 보통 매체에서 나오는 이상적인 선생님 같았다. 그냥 이상의
세계에만 존재하고 절대 현실에서는 존재하지 않을 것 같은 선생님.
하지만 이 책의 원작인 시나리오 <죽은 시인의 사회> 작가 톰 슐만은
이 내용이 실화라고 하신다! 선생님, 친구들, 학교 전부 다 완전히 같지는
않지만 실제에 바탕을 뒀다고 한다.
아마 내가 톰 슐만이었다면 난 평생 키팅 선생님의 "오! 선장님! 나의 선장님!"
을 평생 가슴에 새기고 살 것 같다.
"오! 선장님! 나의 선장님!"

2016년 9월 5일 월요일
"선생님, 줘 보세요. 제가 찾아볼께요."
2G폰을 잡고 박태원이라고 입력하자 전화번호가 떴다.
"이 번호 맞죠?"
"그래, 그래."
"선생님, 저한테 문자로 쏠께요."
재석이 자신의 전화번호를 입력하자 주소록에 재석의 번호가 딱하니 떴다.
- 골칫덩어리 황재석 (010-5392-45**)

"어! 선생님. 제 번호가 입력되어 있네요."
미친개는 살짝 당황했다.
(중략)
문자를 전송하자 재석의 스마트폰에서 바로 문자가 수신됐다는 진동이 울렸다.
"감사합니다"
그렇게 말하고 재석은 미친개의 휴대전화 주소록에 들어가 자신의 입력사항을 수정했다.

- 꼭 성공할 황재석.
p.68 -「까칠한 재석이가 달라졌다」 고정욱-

현재까지 나온 재석이 시리즈를 끝까지 읽으면서 나의 머릿속엔 아주 많은 변화가
있었지만 그중에서 특히 큰 변화는 재석이를 바라보는 나의 시각이다.
처음에는 인생의 모든 운을 다 합쳐도 이런 복이 없을 것 같았던 재석이였는데,
지금은 자신이 받은 은혜를 사회에 다 반환하는 순수봉사자 같은 이미지이다.
시리즈 3권의 재석이가 너무 멋진 사람이여서 솔직히 이번 시리즈에서는 덜
멋질 줄(?) 알았는데, 알고보니 재석이는 딱 적합한 사람이었다. 나의 남편감으로
적합한 사람.
요즈음 세계는 정말 외모를 중심으로 돌아가는 것 같다. TV를 볼때면 특히!
아무리 엄청난 땀과 시간을 쏟아부었다고는 하지만 평범한 외모의 사람들에겐
기회조차 안 주어지지 않는가? 그래서 난 단순히 불평등하다고 생각했다.
이 책은 이런 고민에 대해 말해준다. 꼭 얼굴이 예쁘거나 잘생긴게 전부가
아니라고 말이다.
보담이는 예쁘다. 하지만 재석이는 단순히 이러한 점 때문에 보담이를 좋아하는
건 아니다. 보담이는 예쁘지만 성실하고 자기 관리가 철저하며 지적이다.
재석이는 보담이의 이러한 점을 좋아한게였다. 내가 좋아하는 것들을 둘러보니
꼭 예뻐서가 아닌, 제 각기의 이유가 있었다. 나도 얼굴이 예쁘기 보다는
배울 점이 있는 보담이 같은 사람이 되야겠다.

고정욱 선생님이 말씀해주신 행복의 조건
① 교육 (공부는 행복의 첫단추이다)
② 직업 (나는 고정욱 선생님을 만날꺼다. 정상에서)
③ 결혼, 가정 (지금은 공부할 때.)

2016년 9월 17일 토요일

세종의 위대함은 "나는 배고프다. 고로 먹는다"라는 단순 논리에 벗어나 "나는 배고프다. 그러니 남도 배고플 수 있다."라는 생각을 한데서 시작된다.
(중략)
세종은 왕가에 태어나 임금의 자리에까지 오른 사람이니 태어나 단 한번도 가난하거나 힘들어본 적이 없었다. 배고픈 백성들에게 "밥이 없으면 고기를 먹어도 되잖아?"라는 말을 해도 이상하지 않은데 그는 "저 사람이 배고프다니까 저 사람도 먹어야지"라는 생각을 했던 것이다. 어렸을 때 배고픔을 겪으며 자라고도 어른이 되어 형편이 좋아지면 남들 굶는 걸 모른 척하는 사람들이 세상에 얼마나 많은가. 뛰어난 공감 능력은 세종이 가진 성군의 큰 자질이었다.
p.163

※ 세종 25년,
'성군의 세상에는 백성에게 질역이 없다' 하였으되 내가 박덕으로 어찌 감히 이것을 바라겠는가.
p.235

— 「조선왕조실록」 우리펑크 —

한글은 꼭 세종대왕만이 만든 것이 아닌 집현전에서 세종 대왕과 같이 만든 것이지만
왜 모든 공이 세종대왕에게 돌아가고 존경을 받는지 난 이해할 수 없었다.
하지만 이 책을 읽으니 왜 세종대왕이 백성들의 존경을 받았었고, 현재에도
존경을 받는지 알게되었다. 그리고 그 이유는 단지 세종이 `한글을 만들어서´가 아니라는
것도 알게 되었다.
조선왕조실록은 시사하고 틀에 박힌 것 같은 역사를 정말 우리들의 눈높이에서 설명해
준다. 그래서인지 우리들의 호기심을 자극하는 내용들이 좀 많았는데...
그 중에서 가장 재미있었던 이야기는 문종의 처들에 대한 이야기다.
짧게 소개하자면 문종은 아내복이 없기로 유명하다. 첫째 부인은, 문종이 너무
어려 관심을 받기 위해 흑마술을 써 폐위. 둘째 부인은, 얼굴은 굉장히 예쁘나
사람을 잘 패고, 예의가 없으며, 궁녀와 사랑에 빠져 폐위. 셋째 부인은,
금술은 좋았으나 아이를 낳다가 사망. 그렇게 문종은 혼자 살았다고 한다... (불쌍)
너무 이런 이야기들에 치우쳐 역사시험에는 도움이 없다는 사람이 있지만 이 책은
역사의 흐름을 알기에 가장 완벽한 책이다! 2권, 3권도 읽어봐야지!!

조성은

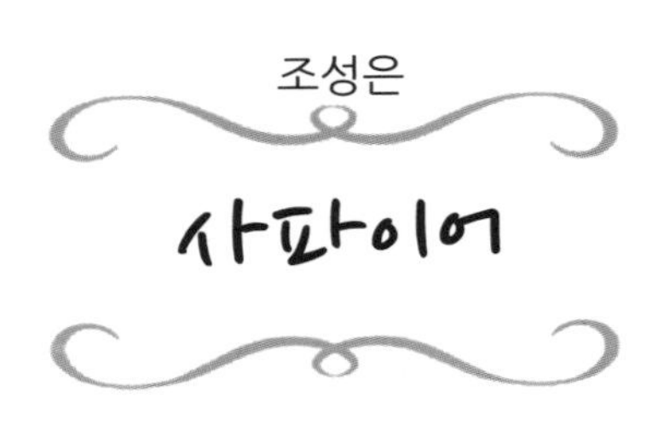

사파이어

좋아하는 색 : 보라색

좋아하는 과일향 : 자몽향

좋아하는 과목 : 수학, 과학, 영어

잘 하고 싶은 과목 : 영어, 국어, 음악

취미 : 음악 듣기, 여가시간에 책 읽기,
미국드라마 · 영국드라마 보기

해 보고 싶은 직업 : 법조인, 국과수 유전자
연구원, 인테리어 디자이너
특파원(기자), 첩보원…

◦ 버킷리스트 ◦

영국 에딘버러에서 1달이상 살아보기

첫술은 친구와!

프랑스의 올림피아 극장에서 영화 관람

책 써서 출판하기

혼자 영화보러 가기

통금 무시하고 밤 10시까지 놀기

내 집 스스로 디자인(인테리어) 해 보기

영원히 들어도 질리지 않을 것 같은 노래

- ★ 주영 - Downtown Love
- ★ 김보형 - 오늘도
- ★ 딘 - I'm not sorry
- ★ 양다일 - 널
- ★ 코드쿤스트 & 비와이 & YDG & 수란 - Beside me

16년 인생 중 최고였던 책!

- ♡ 난설헌 (최문희)
- ♡ 우리도 행복할 수 있을까 (오연호)
- ♡ 꽃을 보며 기다려다오 (신영직)

사랑의 헌신

용의자 X의 헌신(히가시노 게이고)

"그 때, 자네가 말했잖아. 노숙자들을 보고는, 그들은 시계보다 더 정확히 생활한다고. 기억해?"

"기억하지. 인간은 시계에서 해방되면 오히려 그렇게 돼, 라는 게 자네의 대사였어."

"나나 자네나 시계에서 해방된다는 것은 불가능해. 사회라는 시계의 톱니바퀴가 되어버리고 말았으니까. …(생략)"

"그 모녀와 어떤 관계를 가져보자는 욕망은 아예 없었다. 자신이 손을 대서는 안 된다고 생각했다. 그와 동시에 그는 깨달았다. 수학도 똑같다는 것을, 이 세상에는 거기에 관계하는 것만으로도 행복한, 숭고한 것이 존재한다. 명성 따위는 그 숭고함에 상처를 입히는 것과 같다.

「용의자 X의 헌신(히가시노 게이고)」, P.295, P.392

나와 함께 숨 쉬고, 공부하고, 휴식하며, 잠 자는 스마트폰. 나는 이 스마트폰이 없어지면 그 수많은 연락처를 외우고 느낌적인 느낌으로 시간을 예측해 학원을 다니며 사진이 찍고 싶을 시에는 카메라를 내내 들고 다녀야 하는 등 살기가 더 복잡해지고 힘들어 질 것이란 생각이 든다. 그런데 어쩌다 스마트폰을 집에 두고 가는 경우나 시험기간이라 엄마에게 맡길 때 폰 없이 하루만 지내 보면 세상이 달라보인다. 폰 하며 걷던 거리는 정말 진부하고 뻔 했는데 (폰만 사라지면 지나가는 차들의 브랜드, 사람들이 입은 옷 종류, 주변에 위치한 새로운 가게들..) 폰은 우리를 멍청하게 만들고 맑은 세상을 보지 못하도록 차단해버리는 색안경 같다는 생각을 한다. 이 문제들, 스마트폰을 시계에 비유해 잘 나타낸 것 같다.

또 사랑의 헌신. 이 책의 주인공 이시가미는 자살을 하려했던 그 순간에 본 야스코라는 여성에게 사랑에 빠져, 그녀가 일으킨 살인사건을 덮기 위해 하나의 살인사건을 더 일으키는, 어찌보면 순수한 해바라기 라고도 할 수 있는 사람이다. 정말 평소엔 말 한마디 섞지 않고 눈빛 한 번 교환하지 않는 여성을 위해 중죄를 뒤집어쓰다니 (뒤집어 썼다 라는 표현보다는 희생했다 가 맞는 표현인것 같다.) 게다가 그 여자는 다른 남자와 썸 관계였는데! 나는 과연 그런 사랑이 존재할까, 하는 생각을 평소에 해 봤다. 요즘은 TV만 키면 별의 별 커플 문제가 많이 보도된다. 헤어지자 했는데 그에 분해 살해한다거나 꽃뱀에 대한 보복, 원나잇 까지. 날이 갈수록 수위가 심해진다 싶은 사건들이 참 많다. 어쩜 요즘 사람들은 그렇게 이성적 판단력이 없을까 하는 걱정, 의문도 든다. 미래엔 사람들이 어떻게, 얼마나 더 이기적이게 변할지, 나는 어떻게 그 세상에 살 지. 겁도 난다. 우리, 순수해 질순 없을까..

미래의 성공

10대들의 토닥토닥 (이지영)

The future depends on what we do in the present.
미래는 현재 우리가 무엇을 하고 있는가에 달려있다.

At this moment, your enemies keep books flipping.
지금 이 순간에도 너의 적들은 지속하게 책을 보고 있지.

모든 leader은 모두 reader 이다.
빌게이츠, 동정의, 이병철, 나폴레옹, 마오저둥 ··· 이들의 공통점은 바로
독서왕!

Dream as if you'll live forever,
Live as if you'll die tomorrow
영원히 살 것 처럼 꿈을 꾸고,
내일 죽을 것 처럼 오늘을 살라

훗날 나가 꿈을 이루고, 나 또한 누군가의 꿈이 될 수 있기를

「10대들의 토닥토닥 (이지영) p. 35 , P.39 , P.46 , P.55 , P.6

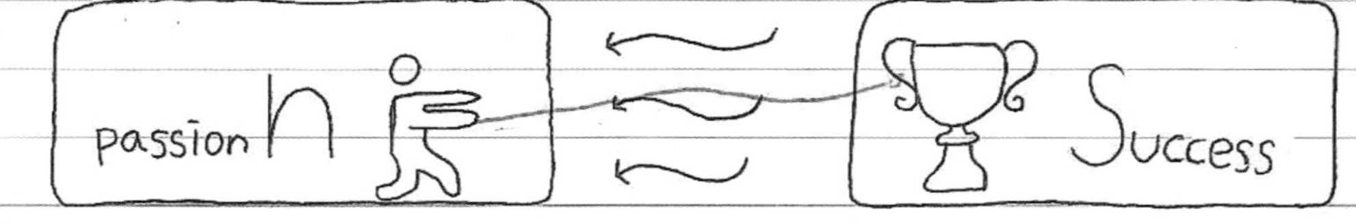

나는 요즘 매일 내 미래에 모습은 어떨까? 하는 생각을 하며 산다. 지금 어떤 책을 읽어야 미래에 도움이 될까? 어떤 직업을 선택해야 커서 이건희 딸 같이 풍요롭게 여가를 즐길 수 있을까? 미래에 어떤 성격인 남자를 만나야 일평생 조금 더 편하고, 또 노후까지 사랑스럽게 늙을 수 있을까? 지금 공부를 얼만큼 해 두어야 고등학교에 가면 좀더 수월할까? 생각하는 궁금증들은 정말 많지만 다 나열하다간 책에 대해서 쓸 곳이 없을 것 같아 이 쯤 한다. 그~ (아무튼) 매일 이렇게 매일 꿈꾸다 보면 가끔씩은 스스로에게 지치기도 한다. 나는 왜 영언이, 효서 처럼 노력을 조금만 해도 유지가 되는 성적이 아닐까, 하고. 앞으로는 그 때 마다 왼쪽에 쓴 문장들을 보아야 겠다. 사기도 돋우고 포기할 마음도 접고! 그리고 그러다 보면 꿈도 이루어져 있고 행복도 성취했으면..♥ 요즘은 공부 (특히 영어) 할 것이 너무 많아서 책을 멀리하고 있다. 그래서 방학 때도 책 15권을 읽으려 했는데 이루지 못했다.. 고등학교는 책이 생명이라는데! 11월에 시험이 끝나면 진짜 정말로 책에만 몰두해야지! 또 막상 그 때 되면 고등학교 예습한다고 꽁무니 빠지게 쫓아다니진 않을까 걱정도 되네.. ㅋㅋ

♡ 사랑하고 있어, 사만다 ♡

사만다 베랑 (북로그 컴퍼니)

P.333
장 주뤽이 나를 그의 품으로 잡아끌었다. 나는 "드디어 하늘에서 가장 밝은 우주 정거장을 찾았어"라고 또박였다. "20년 전 우리가 처음만난 그 때 부터 내 마음속에 있었지"

나는 지금 바흐의 아름다운 클래식 음악을 듣고 있어. 고운 선율이 아무런 장애물 없이 내 마음에 와 닿는 것처럼 시공간을 초월해 내가 너에게 가닿을 수 있다면 얼마나 좋을까 ‥(생략) 별이 반짝이는 건지, 너의 생각에 잠긴 내 눈빛이 별에 반사되는 건지 궁금해 네가 하늘의 별을 볼 때, 나도 같은 시간에 같은 별을 보고 있을 거야

P.319

샘, 우리가 진지한 관계를 유지하는 게 어려울 거라는 건 알아. 하지만 "뜻이 있는 곳에 길이 있다"라는 말을 믿어보려고. 너는 참 다정하고 나를 행복하게 만들어 줘 (생략) 무엇보다 내 옆에 있을 때의 너의 모습을 사랑하지 않을 수 없었지 너는 내 마음에 따뜻한 태양을 수천개나 띄워주었어

P.177

샘, 〈앤티맘〉에서 배운 거 있잖아 즐겨라. 인생은 잘 차려진 밥상이다. 그걸 찾아먹지 못하는 사람이 제일 박복한거다!

P.142

DON'T SAY IT'S JUST MY ILLUSION

내가 로맨스 장르의 소설을 읽는 이유. 대리 만족을 위해서이다 약간 변태 같기도 한데 현실에서는 불가능한(거의) 일들이 책 속에서 펼쳐지는 것을 보면 주인공인 나인 것 처럼 착각을 하게 되는 등 내가 망상녀가 되어버린다 그것도 아주 거대 망상녀!

이번 책에서 나 혼자 펼친 망상은 프랑스 남자를 만나면 사만다 처럼 사랑 받으면서 살 수 있겠지? 비행기 타고 만나러 갈 땐 잔뜩 쌓인 마일리지로 비행기표를 사 주고 연락이 안 될 땐 편지를 - 아름 다운 문구들로 가득 찬 - 우리 집으로 보내고 프랑스의 명소 혹은 맛집에 데려가주고 등등.. 실제로 저런 남자 들 찾기는 우주에서 호흡기 없이 살 수 있는 확률과 같겠지만. 혹시나 내가 다 커서 결혼 할 나이가 되었는데도 저런 로망에 빠져서는 백마 탄 왕자님이라도 기다리고 있지는 않을까 걱정이 된다 ※ 가능성 99.9% 씁

조금 더 현실적으로, 미래에 내 로망에 대해 말하자!

Umm.. 일단 같이 서점 혹은 도서관 같은 곳에 가서 하루종일 책을 읽고 동전 조금씩 모아서 기부도 해봤으면 좋겠다 아! 그리고 프랑스에 올림피아 극장이나 런던에 핫 튜브 시네마에서 영화도 같이 보고 싶을 것 같다. 강아지 키우는 것도! 강아지 종은 골든 리트리버나 차오차오 였으면 좋겠다 이름은 자몽.. 아 너무 극단적인가 또 신혼여행은 (너무 갔나?..) 몰디브에 바드후 섬, 볼리비아에 소금 사막, 뉴질랜드 글로웜 동굴..!! 적다보니 나랑 살게 될 남자는 등짝이 부러지다 못해 질질 갈려야 될 것 같다 미리 죄송합니다.. 저도 돈 열심히 벌게요 ㅋㅋ

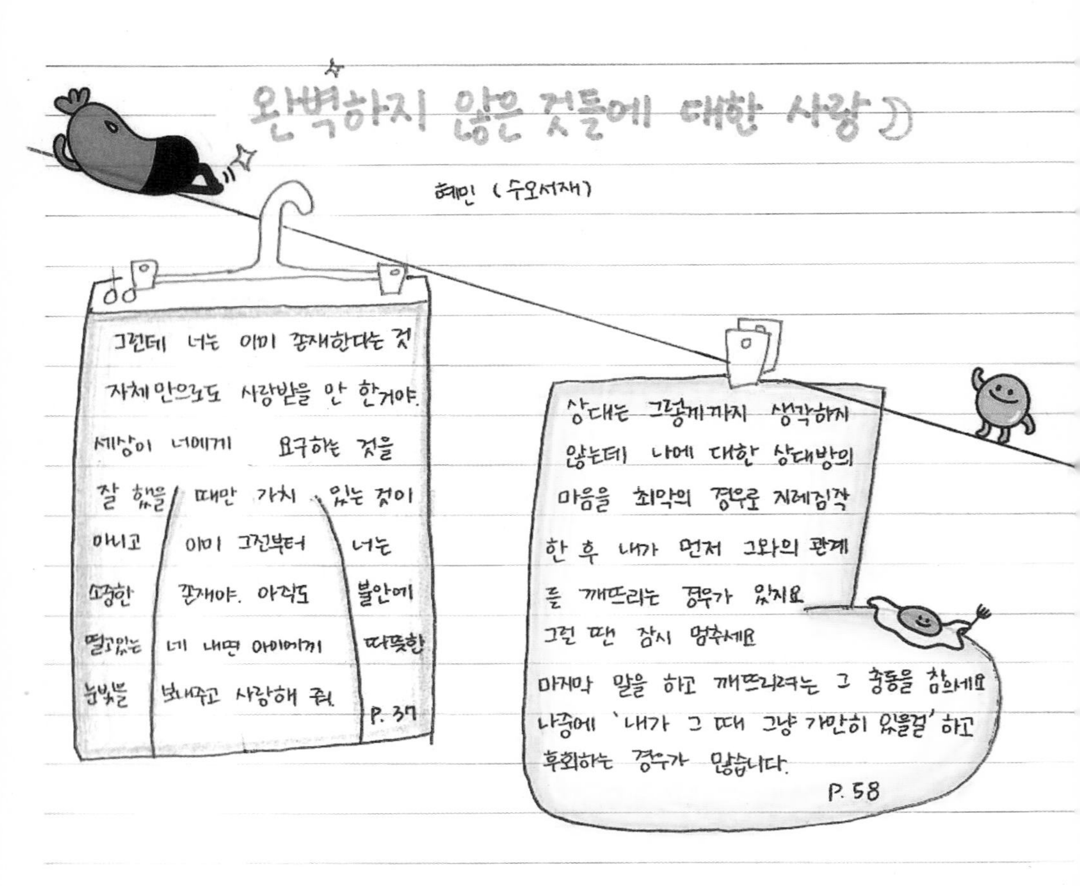

완벽하지 않은 것들에 대한 사랑
혜민 (수오서재)
그런데 너는 이미 존재한다는 것 자체만으로도 사랑받을 만 한거야. 세상이 너에게 요구하는 것을 잘 했을 때만 가치 있는 것이 아니고 이미 그전부터 너는 소중한 존재야. 아직도 불안에 떨고있는 네 내면 아이에게 따뜻한 눈빛을 보내주고 사랑해 줘.
P. 37
상대는 그렇게까지 생각하지 않는데 나에 대한 상대방의 마음을 최악의 경우로 지레짐작 한 후 내가 먼저 그와의 관계를 깨뜨리는 경우가 있지요
그럴 땐 잠시 멈추세요
마지막 말을 하고 깨뜨리려는 그 충동을 참으세요
나중에 '내가 그 때 그냥 가만히 있을걸' 하고 후회하는 경우가 많습니다.
P. 58

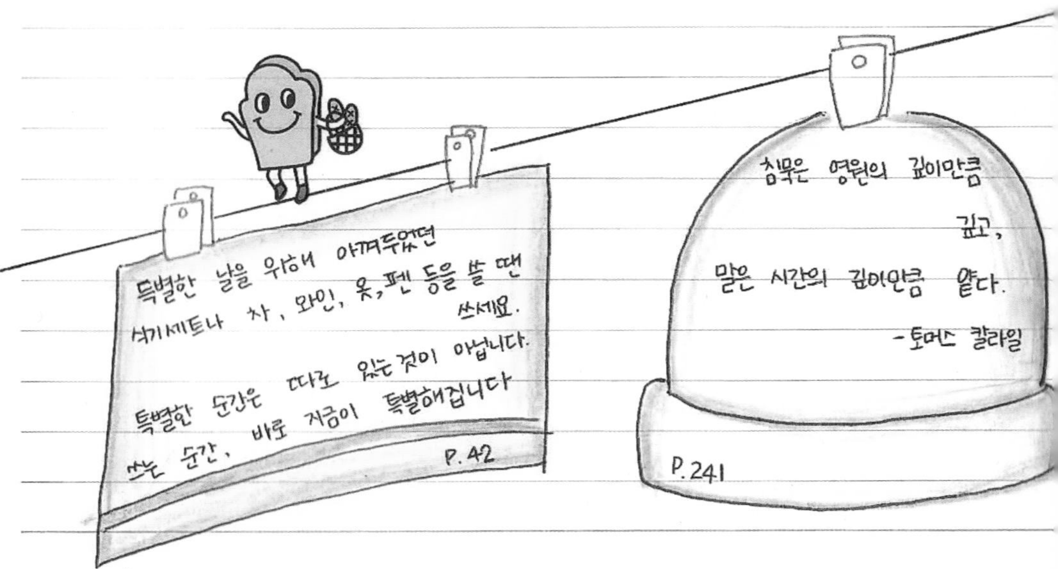

특별한 날을 위해 아껴두었던 식기세트나 차, 와인, 옷, 펜 등을 쓸 땐 쓰세요.
특별한 순간은 따로 있는 것이 아닙니다.
쓰는 순간, 바로 지금이 특별해집니다
P. 42
침묵은 영원의 깊이만큼 깊고,
말은 시간의 깊이만큼 얕다.
- 토머스 칼라일
P. 241

혜민 스님이 쓰신 책은 이 책이
처음이었다. 그동안 많은 베스트셀러들을 쓰신
것 같았는데 저자가 스님이시다 보니
불교를 강요(?)한 것같은 느낌도 들었기
때문이다. 그런데 막상 읽어보니 생각
보다는 되게 좋은 책이었던 것 같다.
여기저기 다니며 만난 사람들의 고민을
듣고 위로를 해 준 내용을 적어
이 책을 읽는 독자까지 위로해준다.
또 여러 좋은 말들을 모아 몇페이
지에 걸쳐서 적어두기도 하고.
왼쪽 페이지에 따란 치마에 적은 문구와
노란 양말에 있는 문구가 제일 마음
에 든다. 특히 노란 양말의 문장에는
정말 공감이 되었다. 차라군 어떤
한 친구에 대해 그런 행동을
하기 때문이다. 그런데 정말 그
친구는 나를 어떤 식으로든
나쁘게 대하고, 생각하지
않았을까? 솔직히 확신은 못
하겠다. 하지만 앞으로는
관계를 잘 지속하도
록 노력할 것이다.

THE TERRORIST'S son

테러리스트의 아들

잭 이브라힘 (문학동네)

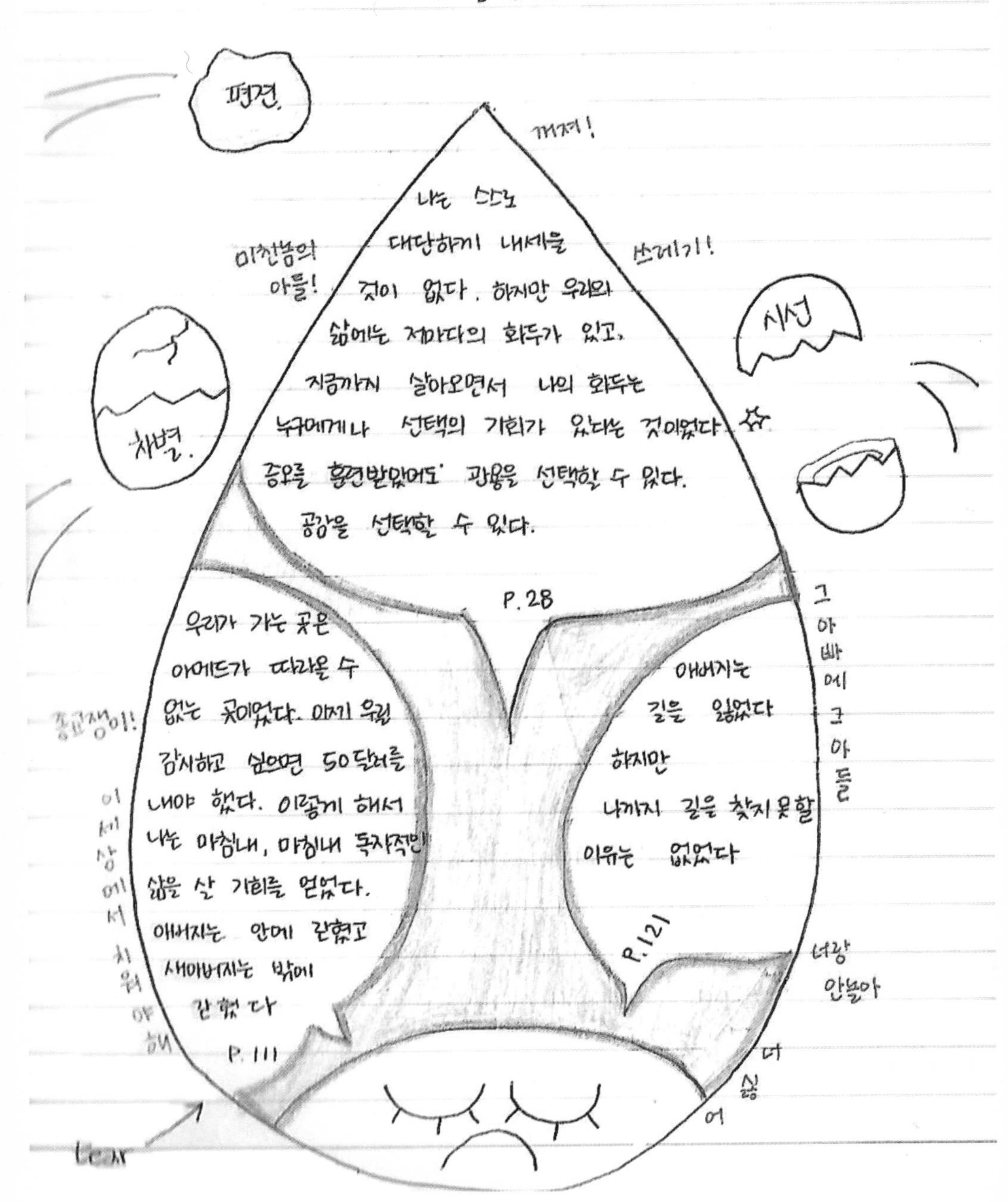

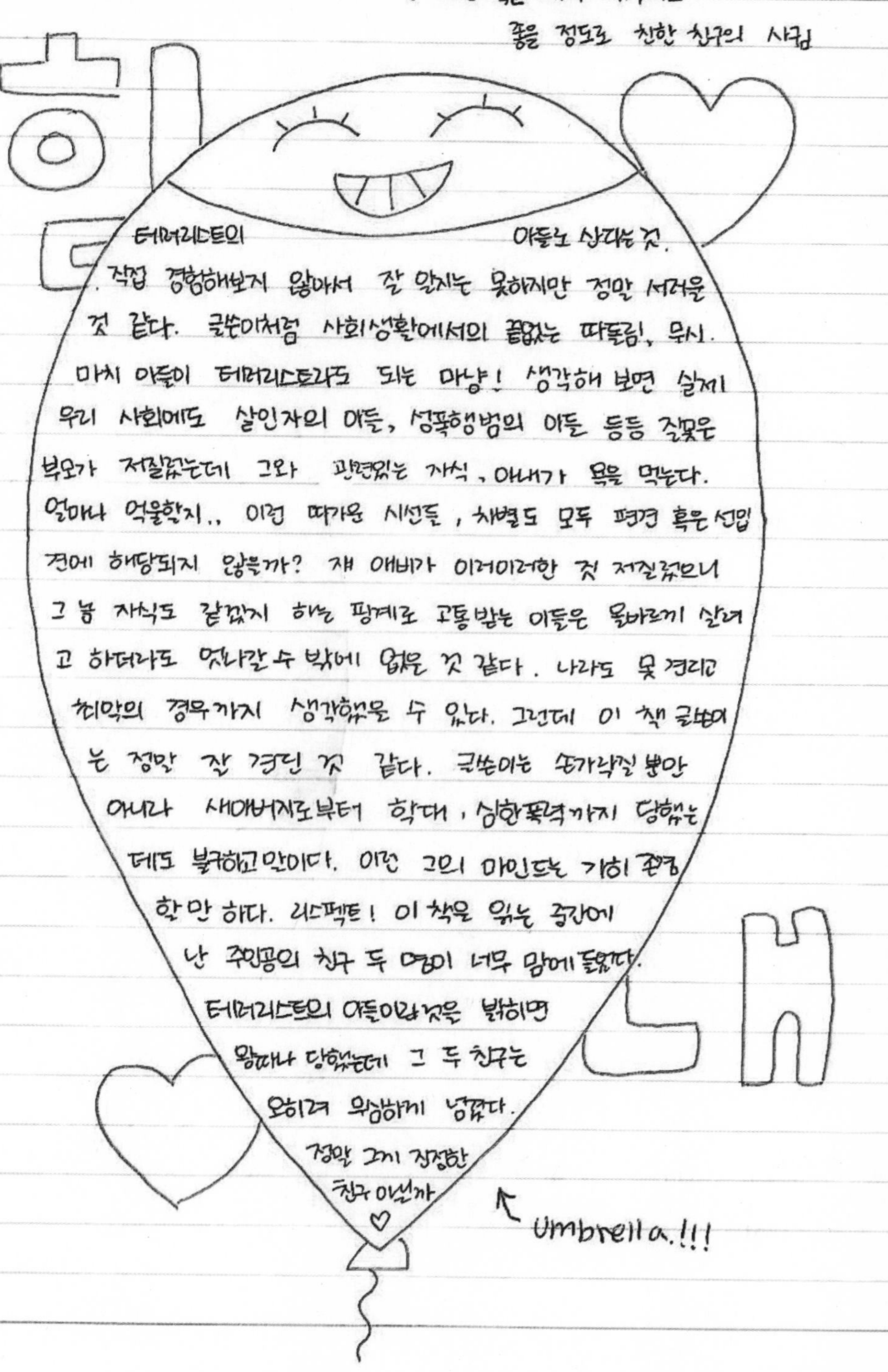
㊉ 문경지교 [刎頸之交]
: 대신 목을 베어 내주어도
좋을 정도로 친한 친구의 사귐
테러리스트의 아들로 산다는 것.
직접 경험해보지 않아서 잘 알지는 못하지만 정말 서러울
것 같다. 글쓴이처럼 사회생활에서의 끝없는 따돌림, 무시.
마치 아들이 테러리스트라도 되는 마냥! 생각해 보면 실제
우리 사회에도 살인자의 아들, 성폭행범의 아들 등등 잘못은
부모가 저질렀는데 그와 관련있는 자식, 아내가 욕을 먹는다.
얼마나 억울할지.., 이런 따가운 시선들, 차별도 모두 편견 혹은 선입
견에 해당되지 않을까? 재 애비가 이러이러한 것 저질렀으니
그 놈 자식도 같겠지 하는 핑계로 고통받는 아들은 올바르게 살려
고 하더라도 엇나갈 수 밖에 없을 것 같다. 나라도 못 견디고
최악의 경우까지 생각했을 수 있다. 그런데 이 책 글쓴이
는 정말 잘 견딘 것 같다. 글쓴이는 손가락질 뿐만
아니라 새아버지로부터 학대, 심한폭력까지 당했는
데도 불구하고 말이다. 이런 그의 마인드는 가히 존경
할 만 하다. 리스펙트! 이 책을 읽는 중간에
난 주인공의 친구 두 명이 너무 맘에 들었다.
테러리스트의 아들이라는 것을 밝히면
왕따나 당했는데 그 두 친구는
오히려 의심하게 넘겼다.
정말 그게 진정한
친구 아닐까
♡
umbrella.!!!

시밤 하상욱(예담)

"너 변했어"는 사실

"너 (내 맘에 안들게) 변했어" 더라

P.150

하상욱씨에게 '돈'이란 뭔가요?

돈은 저에게 '사랑' 같아요

사랑? 왜?

사랑이 변해 P.196

노력이 없는 관계는

유지되지 않지만

노력만 남은 관계도

유지되지 않더라

P.98

상욱씨에게 '사랑'이란?

사랑은 '돈' 같아요

사랑이 변하니까?

아뇨. 그것만으론 P.197

살 수 없으니까

카톡 맺음말을 고민하지 않게 됐다

가까워 졌나보다.

카톡 맺음말을 망설이게 됐다

좋아졌나보다 P.80

수많은 진짜 고백들이

거짓말이 되어 버린다.

매년 만우절에는

P.132

방부제 외모는 없어도

방부제 마음만 있다면

P.89

이 책처럼 간단 간단한 문구로
마음을 치유하는 (?) 책들은 항상 신선한 것
같다. 눈이 팍 뜨이는 문구들이 많기 때문이다.
그런데 이 책은 특히 말장난 같은 문장들이
많았다 아무생각 없이 쓱 읽고 지나가면 못 알아차릴
만큼의 미묘한 글자의 차이가 흥미를 더 끌긴 했지만!
특히 책 시작할 때 '작가의 말' 이라고 해 놓고 말 사진을
첨부해 두거나 '목차'에 목을 차는 그림. 등이 정말 재치 있었다.
나는 지금 내 버킷리스트에 이런 글집을 출판 해 보는 것을
쓸까, 하고 고민 중이다. 재미 삼아..
나는 아직 어려서 (물론 나이랑 상관 없이 이미 남친을 사귀어 대는
아이들도 있지만) 연애경험이 없어서 이책 속의 내용들을 제대
로 공감하는 등은 하지 못했지만 친구 사이에서도 맞게되는 몇몇
문구들은 좋았다. 이 책, 이미경 쌤 책상위에 있던데 선생님
껜 돈 주고 살 만한 가치가 있으셨을까? 아니면 재미? 갑자기
궁금해 졌다 내일 여쭈어보아야지! 왼쪽 페이지에 토성안에
적은 문구와 비슷한 문구를 요즘 자주 찾아보는데 내 친구들 한 명을
떠올린다 그런 문구들을 보며 그애가 왜 나를 그렇게 대하는지 해답
을 찾고 싶어하는 것 같다. 사실 연 끊는게 더 편할거란 생각도
드는데 그래도 웬만하면 이번 해 안에 어떻게 해결되면 좋겠다.

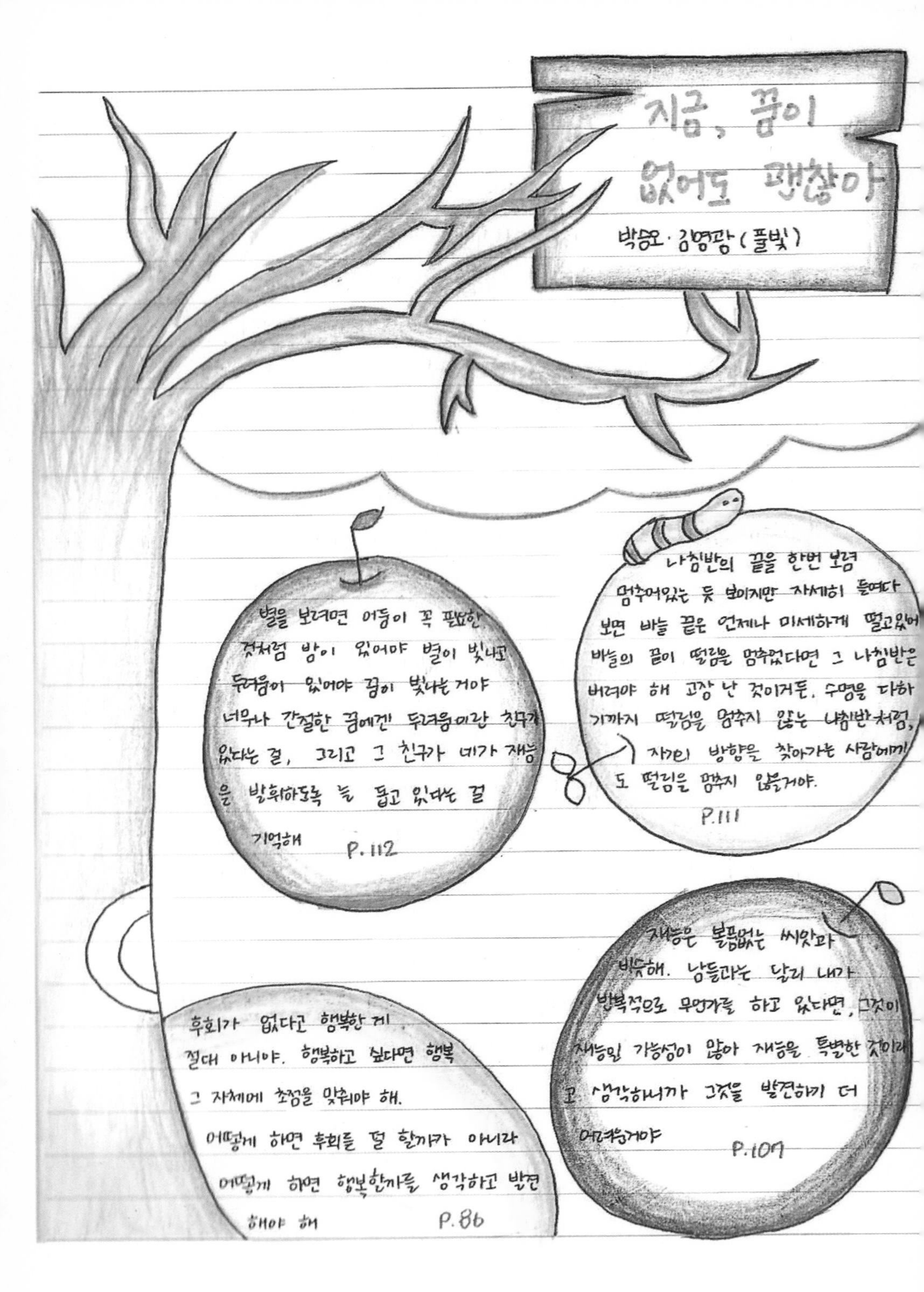
지금, 꿈이
없어도 괜찮아
박승오·김영광 (풀빛)
별을 보려면 어둠이 꼭 필요한
것처럼 밤이 있어야 별이 빛나고
두려움이 있어야 꿈이 빛나는 거야
너무나 간절한 꿈에겐 두려움이란 친구가
있다는 걸, 그리고 그 친구가 네가 재능
을 발휘하도록 늘 돕고 있다는 걸
기억해 P.112
나침반의 끝을 한번 보렴
멈추어있는 듯 보이지만 자세히 들여다
보면 바늘 끝은 언제나 미세하게 떨고있어
바늘의 끝이 떨림을 멈추었다면 그 나침반은
버려야 해 고장 난 것이거든. 수명을 다하
기까지 떨림을 멈추지 않는 나침반처럼,
자기의 방향을 찾아가는 사람에게
도 떨림을 멈추지 않을거야.
P.111
재능은 볼품없는 씨앗과
비슷해. 남들과는 달리 내가
반복적으로 무언가를 하고 있다면, 그것이
재능일 가능성이 많아 재능을 특별한 것이라
고 생각하니까 그것을 발견하기 더
어려운거야 P.107
후회가 없다고 행복한 게
절대 아니야. 행복하고 싶다면 행복
그 자체에 초점을 맞춰야 해.
어떻게 하면 후회를 덜 할까가 아니라
어떻게 하면 행복할까를 생각하고 발견
해야 해 P.86

이책의 제목은 지금 내 마음을 너무 잘 표현한다. 내가장 큰 고민이다.
그래서 이 책을 빌려읽었는데 읽기 정말 잘 한 것 같다. 내 고민을 어느
정도 해결해 준 느낌이다. 나는 지금 꿈이 없으면 큰일이라도 나는줄
알았다 (인생이 꼬이는줄) 물론 지금 직업이 (꿈 혹은 목표) 확고하게 정해져
있고 짜여져 있으면 인생이 더 편하겠지. 일찍 직업을 정해 연봉도 쭉쭉
올려가서 돈도 많이 벌고! 하지만 돈만 벌고 자신의 적성, 흥미에게 전혀
맞지 않다면 그건 헛 일 한 셈이다. 그럴 바엔 애초에 좀 더 공을 들여
직업을 정하는게 낫지 않을까 하는 생각이 든다.

또 이 책에는 청소년들을 잘 위로해 줄 수 있을 것 같은 말들이 많아서 좋았다.
감정이입(?!)이 잘 되었기 때문이다. 그런데 어떤 말들이 모조리 흔하디 흔한
'아프니까 청춘이다', '흔들리는 꽃이 예쁘다' 와 같은 말이어서 약간
실망하는 마음도 없지않아 있었다. 왜들 청소년은 그렇게 흔들려고
해싸는지..

그런데 사실 아무리 책을 읽었대도 걱정이 완전히 사라진 것
은 아니다. 지금 중대사인 고등학교를 결정하는 것과 직업
그리고 이과 혹은 문과를 선택할 지 등등.. 적어도 직업
이 이과 성향인지 문과 성향인지는 나와야 할 텐데
그마저도 결정하지 못해서 너무 마음 졸인다 게다가
우리 학교의 진로 선생님은 믿음직스럽지도 못하다
고등학교에 대해 나보다 어둡게 알으신다. 이미
이런 소문이 나돌고 있는 상황이기도
하고.. 그냥 얼른 이 고민들이 해결되었
으면 하는 바람이다.

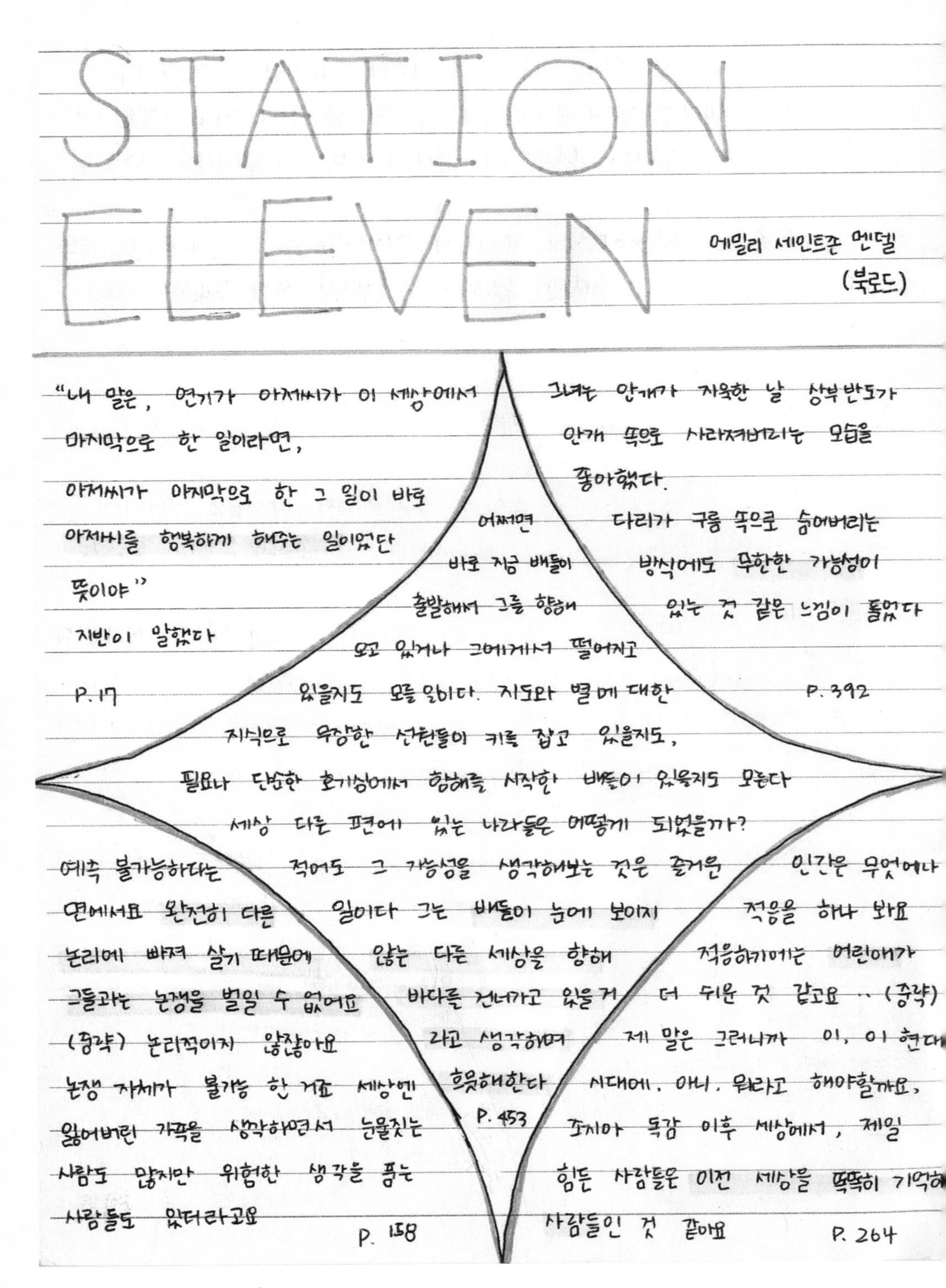
STATION
ELEVEN
에밀리 세인트존 멘델
(북로드)
"내 말은, 연기가 아저씨가 이 세상에서
마지막으로 한 일이라면,
아저씨가 마지막으로 한 그 일이 바로
아저씨를 행복하게 해주는 일이었단
뜻이야"
지반이 말했다
P.17
그녀는 안개가 자욱한 날 상부반도가
안개 속으로 사라져버리는 모습을
좋아했다.
다리가 구름 속으로 숨어버리는
방식에도 무한한 가능성이
있는 것 같은 느낌이 들었다
P.392
어쩌면
바로 지금 배들이
출발해서 그를 향해
오고 있거나 그에게서 떨어지고
있을지도 모를 일이다. 지도와 별에 대한
지식으로 무장한 선원들이 키를 잡고 있을지도,
필요나 단순한 호기심에서 항해를 시작한 배들이 있을지도 모른다
세상 다른 편에 있는 나라들은 어떻게 되었을까?
적어도 그 가능성을 생각해보는 것은 즐거운
일이다 그는 배들이 눈에 보이지
않는 다른 세상을 향해
바다를 건너가고 있을거
라고 생각하며
흐뭇해한다
P.453
예측 불가능하다는
면에서요 완전히 다른
논리에 빠져 살기 때문에
그들과는 논쟁을 벌일 수 없어요
(중략) 논리적이지 않잖아요
논쟁 자체가 불가능 한 거죠 세상엔
잃어버린 가족을 생각하면서 눈물짓는
사람도 많지만 위험한 생각을 품는
사람들도 있더라고요
P.158
인간은 무엇에나
적응을 하나 봐요
적응하기에는 어린애가
더 쉬운 것 같고요 ..(중략)
제 말은 그러니까 이, 이 현대
시대에, 아니, 뭐라고 해야할까요,
조지아 독감 이후 세상에서, 제일
힘든 사람들은 이전 세상을 똑똑히 기억하
사람들인 것 같아요
P.264

Thinking Note

이 책은 전염병을 주제로 한 다른 책들과는 조금 많이 달랐다. 다른 책들은 주인공을 두세명 정도로 정한 뒤 그의 시점에서 이야기를 전개 해 나가고 또 전염병의 참혹한 영향에 대해 서술하는데 이 책은 챕터 마다 그 이야기의 주인이 변하고 마지막이 되어서야 이 모든 주인공들이 다 서로 관련있는 사람임이 드러나는 신선한 전개방법을 썼고 전염병의 참혹, 비극적인 상황은 담담하게 별 일 아닌 듯 쓰고 (그에 대한 내용은 많지도 않았다) 이미 그런 상황에 적응한 인물들에 대해 써서 좀 새롭게, 신기하게 느꼈던 것 같다. 사실 처음에는 여러 인물이 한꺼번에 나오는 바람에 당황스럽고 재미도 떨어지는 듯 싶었지만 계속 읽다 보니 담담히 내용 전개 하는 것도 나름 재미있는 것 같이 느껴져서 결국 끝까지 읽게 되었다. 왼쪽에 적은 문장 중 왼쪽 위에 적은 걸 보면 책 주인공인 아서가 연극을 하다가 죽게 된다. 나도 후에 그런 날이 오게 된다면, 내가 살면서 제일 신나하고 즐거워하던 일을 하다 죽었으면 좋겠다. 가장 편안한 방법은 자다가 가버리는 것 아닐까? 아 너무 우울한 이야기 같다. 요즘 전염병에 대한 책이나 영화가 잘 나오고 또 자주 보고 있는데, 정말 세상이 그렇게 바뀔까봐 무섭다. 어느 한 순간 정신차리면 내가 죽어있을까봐..

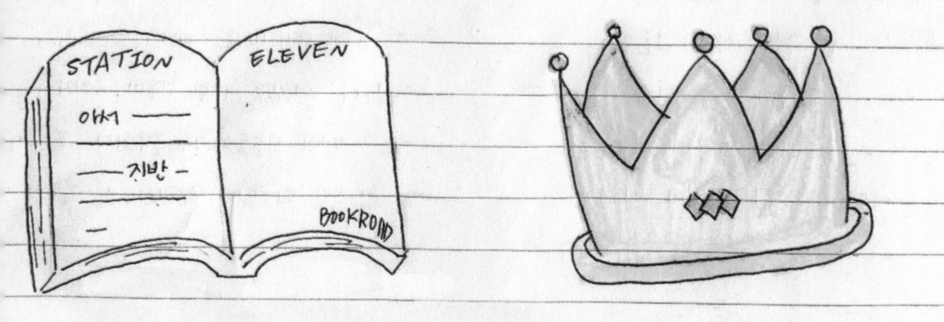

한하은
복희

profile
어흥
2001 출생
한하운
한: 한마디로
하: 하운이는
은: 은제 봐도 괜찮은 놈입니다!
LUCKY!
성실도
행운
주변정리
킬미힐미
소설 만화
스릴러
가요
역사
고기
좌우명 : 내 인생 알아서 챙기자!

「인생, 자연」

내 영혼이 따뜻했던 날들

"영혼의 마음은 근육과 비슷해서 쓰면 쓸수록 더 커지고 강해진다. 마음을 더 크고 튼튼하게 가꿀 수 있는 비결은 상대를 이해 하는데 마음을 쓰는 것 뿐이다. 게다가 몸을 꾸려가는 마음이 욕심 부리는 걸 그만두지 않으면 영혼의 마음으로 가는 문은 절대 열리지 않는다. 욕심을 부리지 않아야 비로소 이해라는 걸 할 수 있기 때문이다. 반대로 더 많이 이해하려고 노력하면 영혼의 마음도 커진다.

할머니는 이해와 사랑은 당연히 같은 것이라고 하셨다. 이해 하지도 못하면서 사랑하는 체 하는 사람들이 있긴 하지만, 그건 사랑은 진정한 사랑이 아니라고 하시면서." -106p.-

"그게 이치란 거야. 누구나 자기가 필요한 만큼만 가져야 한단다. 사슴을 잡을 때도 제일 좋은 놈을 가지려 하면 안돼. 작고 느린 놈을 골라야 남은 사슴들이 더 강해지고, 그렇게 해야 우리도 두고두고 사슴 고기를 먹을 수 있는 거야." -26p.-

"나는 가슴이 뻥 뚫린 것 처럼 허전하고 마음이 아팠다. 할아버지는 네 기분이 어떤지 잘 안다, 나도 너하고 똑같은 기분을 맛보고 있다, 사랑했던 것을 잃었을 때는 언제나 그런 기분을 느끼게 된다, 그것을 피할 수 있는 유일한 방법은 아무것도 사랑하지 않는 것뿐이지만 그렇게 되면 항상 텅 빈 것 같은 느낌 속에 살아야 하는데, 그건 더 나쁘지 않겠냐고 말씀하셨다 (중략) 참 묘한 일이지만 늙어서 자기가 사랑했던 것들을 떠올리게 되면 좋은 점만 생각나지 나쁜 점은 절대 생각나지 않는다. 그게 바로 나쁜 건 정말 별거 아니라는 걸 말해주는 것 아니겠냐고 하셨다." -133p.-

"그는 교육이란 것은 두 개의 줄기를 가진 한 그루의 나무와 같다고 하셨다. 한 줄기는 기술적인 것 으로, 자기 직업에서 앞으로 발전해가는 법을 가르친다. 그런 목적이라면 교육이 최신의 것들을 받아들이는 것에 자신도 찬성이라고 와인 씨는 말씀하셨다. 그러나 또 한 줄기는 굳건히 붙들고 바꾸지 않을 수록 좋다. 와인 씨는 그것을 가치라고 불렀다." -261p.-

(포리스트 카터)

「느낀점」

내가 맨 처음으로 이 책을 읽었던 것은 6학년 봄방학 때의 일이었다. 평소 내가 잘 따르던 독서논술 선생님의 추천으로 읽게 되었는데 제목이 따분하다 느껴 별 기대 없었던 첫 관심과 달리 완전히 빠져들어 한 문장 한 문장 줄어들어가는 것을 아까워 하며, 앉은 자리에서 세 번이나 다시 읽었던 기억이 난다. 그 이후로도 일 년에 몇 번씩은 다시 읽었기에 적어도 열몇 번은 읽었는데도 읽었을 때마다 늘 새로운 책이다.

내가 이 책을 좋아하는 가장 큰 이유는 내가 독자의 입장으로 멀찍이 떨어져서 책을 읽는 것이 아니라 이 책에 몽땅 빠져들어 주인공인 '작은 나무'가 되어서 할아버지와 대화하는 기분이 들기 때문이다. 그래서 내가 우울할 때 읽으면 할아버지에게 위로를 받는 기분이고 정말 우리 할아버지를 만나서 마음이 따뜻해지는 기분이다. 그렇게 읽을 때마다 눈에 들어오는 구절이 다르고, 내가 느끼는 감정이 달라지기 때문에 여러 번 읽어도 질리지 않는 책인 것 같다.

특히 내가 좋아하는 부분은 133p의 할아버지가 와인 씨의 죽음으로 슬퍼하는 작은 나무에게 '사랑하는 것을 잃을 때는 항상 가슴이 텅 빈 느낌이고 그것을 피할 유일한 방법은 아무도 사랑하지 않는 것이지만, 그렇게 되면 평생을 가슴에 텅 빈 채로 살아야 하는데 그건 더 나쁘지 않겠냐'고 말씀해주시는 부분이었다. 아직 가족이나 지인들과의 이별을 한 번도 겪어보지 않은 나는 막연하게 내가 사랑하는 사람들이 죽거나 떠나간다는 상상만 해도 두려웠는데 이 대목을 읽으니 마음이 좀 홀가분해진 것 같았다. 언젠가는 이별을 겪을 지라도 지금 내 마음이 텅 비지 않게 꽉 채워주는 사랑하는 사람들에게 감사하는 마음을 가지고 살아가야겠다는 생각이 들었기 때문이다.

할아버지와 할머니가 돌아가시고 저 혼자 [illegible]의 인디언 연방으로 향하는 작은 나무를 보며 나는 몇 번이나 울었지만 작은 나무라면 분명히 할아버지 할머니의 가르침대로 진정한 인디언이 될 수 있을 것이다. 비록 소설은 작은 나무가 여행 도중 블루보이를 떠나보내는 것으로 끝이 났지만 나는 작은 나무가 여행을 끝내고 훌쩍 더 성장해서 올 수 있을 거라 믿는다.

「사회」 사이 사

"출근 하는 막내아들을 보낸 어머니는 자신을 부당 해고 시키려는 병원에 맞서 농성하는 현장에서 용역 깡패가 되어 자신의 농성 현장을 진압하려온 막내 아들을 보고 충격에 쓰러진다. 자기도 이런 일인지 알지 못했다고 고개를 들지 못하는 막내아들에게 '어머니는! 지각하면 안 되니 얼른 집에 가 쉬자'며 아들을 다독인다."

-27p.-

"회사의 부당한 대우에 반대하는 직원들과 청소부들이 모여 농성을 벌인다. 곧 농성 지도자가 회사의 긍정적인 반응을 전달해 기뻐하지만 얼마 지나지 않아 대부분의 직원들이 농성을 그만두고, 직장 내에서 가장 불평등한 대우를 받는 청소부들만 남는다. 설상가상으로 농성 지도자 또한 회사 간부들에게 돈을 받고 오히려 농성을 하고 있는 청소부들을 쫓아낸다. 결국 청소부들은 자신들의 허름하기 그지없는 지하 창고 겸 숙소에서 농성을 힘겹게 이어나간다.

-18p.-

(손모양 오이) 「느낀 점」

이 책은 내가 며칠 전 있었던 밤샘 독서 토론에서 처음 읽었었는데, 그림도 많고 재밌어 보인다는 생각에 가볍게 읽게 시작했던 것과는 달리 읽으면서 점점 마음 한 구석이 불편해졌다. 이 책의 내용이 우리 사회가 외면하고 있는 문제들을 날카롭게 풍자하고 있기 때문이다.

특히 내가 인상 깊었던 장면은 16페이지의 '농성은 아무나 하나'라는 만화였다. 잠깐 시끌벅적하고 해결 될 것 처럼 눈속임만 하다, 결국 끝까지 해결을 요구하며 투쟁하는 사람은 피해자(약자)밖에 없는 모습이 현실을 잘 반영한 것 같았기 때문이다. 예를 들어, 내가 올해 기사로 썼던 옥시크린 살균제 사건만 하더라도 그렇다. 옥시크린의 비도덕적인 행동에 분노한 시민들은 진실된 사과와 충분한 피해 보상을 요구하며 '옥시크린 불매운동'을 벌였었다. 하지만 지금은 어떤가? 잠깐 주춤했던 옥시크린 판매량은 슬금슬금 올라오고 있고, 심지어 '옥시크린 제품 불매'를 선언한 서울시의 공공기관에서도 버젓이 옥시크린 제품이 사용되고 있었다.

어쩌면 우리가 이 책을 읽으면서 불편했던 이유는 쉽게 타오르고 쉽게 식는, 정의로운 시민은 되고 싶지만 괜히 괜이 끼어들었다 불똥 튈 일 만들어 갈자며 애써 외면하는 우리 모습을 이 책에서 날카롭게 풍자했기 때문이 아닐까. 이제는 우리가 단순히 불편한 감정에서 끝낼 일이 아니라 주변의 사회 문제에 관심을 갖고 적극적으로 참여해야 할 것이다. 알면서도 저 살기 바쁘단 이유로 외면하는 것은 이 사회를 우리 손으로 병들게 하는 것이나 다름없다.

「사회」 레디 메이드 인

"인텔리… 인텔리 중에도 아무런 손 끝의 기술이 없이 대학이나 전문 학교의 졸업증서 한 장을, 또는 조그마한 보통 상식을 가진 직업 없는 인텔리… 해마다 천여 명씩 늘어나는 인텔리… 뱀은 본 것은 인텔리다.
(중략) 인텔리가 아니었으면 차라리 노동자가 되었을 것인데 인텔리인지라 그 속에는 들어갔다가도 도로 달아나오는 것이 99%다. 그 나머지는 모두 어깨가 축 처진 무직 인텔리요, 무기력한 문화 예비군 속에서 푸른 한숨만 쉬는 초상집의 주인 없는 개들이다. 레디 메이드 인생이다."

-44p-

"광화문 큰 거리를 동북쪽으로 어실어실 걸어가노라니 그의 그림자가 짤막하게 앞에 누워간다. P는 그 자기 그림자를 콱 밟고 싶었다. 그러나 발을 내어 디디면 그림자도 그만큼 앞으로 더 나가곤 한다. 이 그림자와 자기 자신에서 그리고 그림자를 밟으려는 계산과 앞으로 달아나는 그림자에서 P는 자기의 이중 인격의 모순상을 발견하였다."

-45p-

"이튿날 아침 일찍 창선이(주인공 P의 아들)를 데리고 XX인쇄소에 가서 A에게 맡기고 나서지 않는 발길을 돌이켜 나오는 P는 혼자 중얼거렸다.
'레디 메이드 인생이 비로소 겨우 임자를 만나 팔리었구나.'"

-71p-

생(채만식)　　「느낀 점」

이 책을 처음 봤었던 초등학교 때는 '레디 메이드'라는 단어의 뜻을 잘 몰랐었다. 부끄럽지만 'lady made 인생'이라고 착각해 여자가 인생을 좌지우지 한다는 뜻인가? 라고 오해하기도 했었다. 그러다 중3이 되어서야 미들 시간에 '레디 메이드'라는 단어의 뜻을 알게 되었다. '이미 만들어진, 기성품의'라는 뜻으로 거의 레디 메이드와 교육을 받으면 잘 살 수 있다'는 말만 믿고 교육만 받아 특출난 재주도, 재능도 없이 과포화 상태인 인텔리 계층이 담아있다는 사실에 씁쓸하기도 하고, 그제서야 책 내용을 제대로 이해할 수 있었었다.

일제강점기 때 가하급속적으로 늘어나 취직도 못한 채 룸펜 신세가 된 인텔리 계층, P가 결국 자신의 아들을 인쇄소에 취직시키는 것이 내용이지만, 청년 실업으로 힘들어하는 우리 사회의 모습과 닮아 있어 아무 것도 변한 게 없다는 사실이 씁쓸했다. 오죽하면 요즘 유행하는 단어 중에 취직, 결혼, 연애, 내집 마련, 육아를 포기한 세대를 일컫는 '5포 세대'라는 말까지 있겠는가. 대학만을 강요받으며 죽어라 졸업해도 취직이 힘들어 강제 백수 신세인 우리 세대 또한 무차별적으로 찍어내 아무도 찾는 사람 없이 룸펜 신세인 기성품 '레디 메이드'와 다를 게 없는 것 같다. 부디 사회가 좀 더 개선되어서 나중에 다음 세대들이 이 책을 읽었을 땐 그저 '까마득한 옛날엔 이런 일도 있었구나' 하며 읽을 수 있었으면 좋겠다

「시, 민족」

하늘과 바람과 ☆과

편지

누나!

이 겨울에도

눈이 가득히 왔습니다.

흰 봉투에

눈을 한 줌 넣고

글씨도 쓰지 말고

우표도 붙이지 말고

말쑥하게 그대로

편지를 부칠까요.

누나 가신 나라엔

눈이 아니 온다기에

- 54p.

소년

여기저기서 단풍잎 같은 슬픈 가을이 뚝뚝 떨어진다. 단풍잎 떨어져 나온 자리마다 봄을 마련해 놓고 나뭇가지 위에 하늘이 펼쳐 있다. 가만히 하늘을 들여다보려면 눈썹에 파란 물감이 든다. 두 손으로 따뜻한 볼을 씻어 보면 손바닥에도 파란 물감이 묻어난다. 다시 손바닥을 들여다본다. 손금에는 맑은 강물이 흐르고, 맑은 강물이 흐르고, 강물 속에는 사랑처럼 슬픈 얼굴 - 아름다운 순이의 얼굴이 어린다. 소년은 황홀히 눈을 감아 본다. 그래도 맑은 강물은 흘러 사랑처럼 슬픈 얼굴 - 아름다운 순이의 얼굴은 어린다.

-16p.

가슴 3

불 꺼진 화독을

안고 도는 겨울밤은 깊었다

재만 남은 가슴이

문풍지 소리에 떤다.

시(윤 동주) 「느낀 점」

윤동주 시인은 내가 초등학교 저학년 때 했던 타자 연습 부터 지금의 국어 교과서에까지 등장하는 친숙한 시인이다. 그렇지만 나는 윤동주 시인의 시라 해봤자 수업 시간에 배운 '서시', '별 헤는 밤', '목마와 숙녀' 등과 영화 '동주'에 나오는 시들 정도 밖에 알지 못했다. 그러던 차에 학교에서 다녀온 문학기행을 통해 윤동주 문학관을 다녀와 윤동주 시인에 대한 관심이 많아졌고, 마침 우리 학교 도서관에서 윤동주 시집을 발견해 읽어 보았다.

몇십 편의 시를 찬찬히 읽어 보며, 나는 윤동주의 시가 학교에서 배웠던 것처럼 자기 자신이 이 시대에서 참씨 개명을 하고, 쉽게 시를 써간다는 것을 부끄러워 하는 부분도 많지만, 순수하고 말이 부드럽게 잘 읽혀진다는 점이 참 좋았다. 사실 시라 하면, 특히 옛날 시들은 내용을 이해하기도 너무 어렵고 나와는 거리가 먼 것 같은 느낌을 자주 받았는데, 윤동주 시는 몇십년이 지났는데도 나에게 위로를 해주는 느낌이었다.

특히 내가 제일 마음에 드는 시는 '편지'였다. 사실 나는 이 시에 나온 '누나'가 진짜 윤동주의 친 누나고, 세상을 떠났거나 멀리 떠난 누나를 그리워 하는 것이라 생각했으나 윤동주에게는 누나가 없었다고 한다. 인터넷에 검색해보니 '누나'가 조국이고, 즉 이 내용은 조국을 그리워하는 것이라는 사람들도 있었고, 멀리 떨어져 있는 가족들을 그리워 하는 내용이라고 주장하는 사람들도 있었다. 나는 윤동주 시인이 아니기에 확실하는 잘 모르겠지만 아련하면서도 담담한 문체에 그리움이 잘 담겨 있는 것 같았다. 어떻게 '누나 계신 나라엔 눈이 아니오니 편지에 눈을 한 줌 넣고 부칠까요.' 라는 내용을 떠올릴 수 있었을까?

내가 이 책을 다 읽고 영화 '동주'의 내용을 떠올리며 한 생각은, 자신의 인생을 늘 부끄러워 하고 반성하던 윤동주가 어찌 보면 참 안타깝고, 내가 그 시대 윤동주의 친구였다면 그렇지 않다 말해주고 싶다는 것이였다. 일제의 탄압이 심하던 그때에 꿋꿋하게 한글로 민족시를 써내려 간 것은 용기 있는 행동 이었다. 자신의 몸을 희생해 일제에 무장항쟁 했던 분들 만큼 아름다운 시를 써내려가 우리 민족이 힘들 때 위로가 되어주고 지금까지도 많은 사람들이 윤동주의 시에 감동받고 위로 받는 것 역시 충분히 애국적이고 멋진 일을 한 것이라 생각한다.

「전쟁」 기억 속의 들

"어른들은 피난민을 별로 달가워하지 않았다. 난생 처음 들어보는 별의별 이상한 사투리를 쓰는 그들이 사랑방이나 헛간이나 혹은 마을 정자에서 묵다 떠나고 나면 으레 집 안에서 없어지는 물건이 생겼다는 것이다. 굶주린 어린애를 앞세워 식량을 애원하는 그들 때문에 어른들은 골머리를 앓곤 했다. 언제 끝날지 모르는 전쟁 때문에 뒤주 속에 쌀바가지를 넣었다 꺼내는 어머니의 인심이 날로 얄팍해져 갔다." - 210p. -

"비행기의 폭음에 가려 나는 철근 사이에서 울리는 비명을 거의 듣지 못했다. 다른 것은 도무지 무서워할 줄 모르면서도 유독 비행기만은 병적으로 겁을 내는 서울 아이한테 얼핏 생각이 미쳐 눈길을 하늘에서 허리가 동강이 난 다리로 끌어내렸을 때 내 본 것은 강변을 겨냥하고 빠른 속도로 멀어져 가는 한쌍이 쥐바라 끝이었다" - 233p. -

"이젠 어느 누구도, 제아무리 쥐바라숭꽃일지라도 나를 비웃을 수는 없게 되었다.

지옥의 가장귀를 타고 앉아 잠시 숨을 고른 다음 바로 되돌아 나오려는데, 이때 이상한 물건이 얼핏 시야에 들어왔다. 낚싯바늘 모양으로 꼬부라진 철근의 끝자락에다 끈으로 친친 동여맨 자그마한 헝겊 주머니였다. 명선이가 들꽃을 꺾던 때보다 더 위태로운 동작으로 나는 주머니를 어렵게 손에 넣었다. 가슴을 짓죄는 긴장 때문에 주머니 열어보는 내 손이 무섭게 경풍을 일으키고 있었다. 그리고 그 주머니 속에서 말갛게 빛을 발하는 옹그라미 몇개를 본 순간 나는 손에 든 물건을 송두리째 강물에 떨어뜨리고 말았다." - 234p.

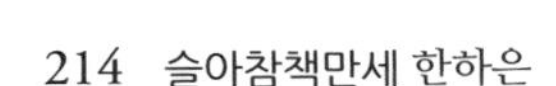

꽃 (윤흥길)

「느낀 점」

이 책은 6.25 전쟁 때 '나'의 마을로 피난 와 홀로 남겨진 부잣집 딸 명선이에 대한 내용이다. 비록 명선이가 다리에 떨어져 죽긴 하지만 그리 잔인한 장면이 나오는 것도 아니고, 잔혹한 내용이 담겨 있어 보이진 않는데 난 이 책을 읽고 내서 묘하게 찝찝하다고 해야 할까? 그런 느낌을 받았다.

곰곰이 생각해 본 결과 내가 그러한 느낌을 받은 이유는 이 책이 전쟁 중, 즉 극한의 환경 속에서 얼마나 잔인해지는가를 어린 아이의 시선으로 적나라하게 드러냈기 때문이다. 전쟁 피난민들의 임시 피난처가 된 '나'의 마을 사람들은 이제 피난민을 그저 귀찮은 도둑놈들로밖에 보지 않는다. 피난민들 역시 식량을 구걸하고 물건을 훔치는 것이 당연해진 듯 했다.

이러한 모습은 금가락지들을 숨기고 있는 피난민 명선이에 의해 더욱 확실하게 드러난다. 명선이를 집 안에 들이지도 않을 것처럼 매몰차게 굴던 어머니는 명선이가 내민 금가락지를 보자마자 돌변해서 친절히 명선이를 맞이한다. 명선이가 사실은 부잣집 딸이고, 금 가락지를 더 가지고 있을 것이란 사실을 알게 되자 부모님은 혹시 명선이의 숙모나 다른 사람들이 그것을 가로챌까 전전긍긍하며 명선이를 꾀어 금가락지를 얻어내려 한다. 명선이를 그저 금가락지를 얻어낼 수 있는 기회로만 바라볼 뿐 명선이의 사정이나 명선이에 대해서는 아무 관심이 없는 것이다.

나는 이 책을 읽고 새삼 전쟁이 얼마나 끔찍한 것인지 느꼈다. 아직 어린 아이인 명선이도 전쟁만 아니었다면 금가락지를 이용해 자신의 안위를 지키려 애쓰는, 어찌 보면 영악한 수준인 피난민 고아가 아니라 그저 평범한 아이로 부모님과 행복하게 살았을 것이다. '나'의 부모님과 마을 사람들도 이 책의 모습과는 사뭇 다르지 않았을까?

「사회」 뫼비우스의 띠

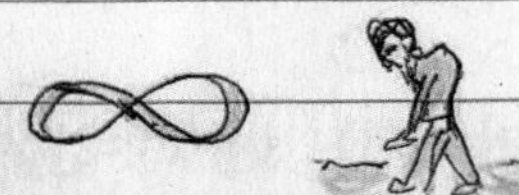

"곱추네 마루는 아주 잘 탔다. 동네 사람들이 참지 못하고 쇠망치를 든 사나이들에게 울면서 달라붙었다. 사람들은 집단 행동에 대해서는 책임을 지지 않아도 되는 것으로 믿고 있었다. 그들은 쇠망치를 든 한 사내를 끌어내어 치고 받았다.

…(중략)… 앉은뱅이는 쇠망치를 든 사나이들이 다가오자 코스모스가 한창인 길 옆으로 비켜 앉으며 집을 가리켰다. 앉은뱅이네 식구들은 곱추네 식구들 보다 대가 약했다. 부인은 펌프대 뒷쪽에 쪼그리고 앉더니 연신 두 눈을 쓸어내렸다. 지붕과 벽은 순식간에 내려앉고 먼지만 올랐다."

-15p.-

"'미쳤어? 그 나이에 무슨 약장수를 하겠다는 거야?'

'완전한 사람은 얼마 없어. 그는 완전한 사람이야. 죽을힘을 다해 일하고 그 몫은 댓가로 먹고 살아. 그가 파는 기생충약은 가짜가 아니야. 그는 자기의 일을 훌륭히 도와줄 수 있는 내 몸의 특징을 인정해 줄 거야.'

곱추는 이렇게 말하고 한마디 덧붙였다

'내가 무서워 하는 것은 당신의 마음이야.'"

"내가 마지막 시간에 왜 굴뚝 이야기나 하고, 띠 이야기를 하는지 제군은 생각해 주기 바란다. 하찮은 얘기지만 인간의 지식은 터무니 없이 간사한 역할을 맡을 때가 많다. 제군은 이제 대학에 가 더 많은 것을 배우게 될 것이다. 제군은 결코 제군의 지식이 제군이 입을 이익에 맞추어 쓰여지는 일이 없도록 하라."

(: 최세희) - 난쟁이가 쏘아올린 공 中

「느낀 점」

'뫼비우스의 띠'는 표면적인 내용만 보자면 집을 잃은 꼽추와 앉은뱅이가 자신에게 사기를 친 부동산 업자를 죽이고 돈을 가져가 장사를 시작하려는데, 꼽추가 별안간 자신은 약장수를 따라가겠다 말하는, 당최 영문을 알 수 없는 책이다. 나도 맨 처음 책을 읽었을 때엔 이게 대체 뭔 소린가, 하며 그냥 넘겼는데 이 소설이 '난쟁이가 쏘아올린 작은 공'의 첫번째 편 이라는 사실을 알고 전체 소설을 읽어 보고, 수업시간에 배경에 대해서도 배우고 나니 이 책에 담긴 의미에 대해 조금이나마 알 것 같았다.

먼저, 이 책의 제목이자 중요한 소재 중 하나인 '뫼비우스의 띠'는 겉면과 내부를 구분할 수 없는, 겉이라고 생각한 면을 따라가다 보면 어느새 그 면이 안쪽으로 가 있는 도형이다. 나는 이 앉은뱅이와 꼽추의 이야기를 나타낸 것이 바로 뫼비우스의 띠라고 생각한다. 자신들에게 사기를 친 사기꾼을 죽인 꼽추와 앉은뱅이는 엄밀히 따지자면 살인을 한 '가해자' 이다. 하지만 그들이 집을 잃고 돈까지 떼먹히고 어떤 것도 할 수 없는 상황에서 할 수 있었던 행동이 과연 무엇이었을까? 그저 운명에 순응하면서 더 비참하게 사는 것은 과연 선이라 할 수 있을까? 사기꾼 역시 살해를 당했지만, 극한의 상황까지 내몰린 꼽추와 앉은뱅이에게 사기를 치던 그는 순수한 '피해자'라 생각하긴 어렵다.

결국 자신이 사람을 죽이고, 그 결과로 얻은 돈을 이용해 생계를 유지하려 한다는 사실에 갈등을 겪던 꼽추는 오로지 자신의 힘(자력)으로, 약을 팔아 정직한 댓가를 받는다 생각하는 약장수를 따라 가기로 하고, 앉은뱅이는 사기꾼을 죽인 후 훔친 돈으로 변함없이 장사를 하려 한다. 우리가 이 책이 불편한 이유는 사람을 죽인 그들은, 끝까지 그 돈으로 장사를 하려 하는 앉은뱅이를 그렇게 만든 데 사회의 책임이 크다는 걸 알고 있고, 사실 지금의 사회 또한 '가해자인 피해자'들을 만들어 내고 있는 뫼비우스의 사회임을 알고 있기 때문이 아닐까.

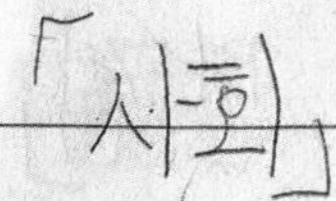

빈처

"아내가 애써서 찾던 그것도 벌써 전당포의 고운 먼지가 앉았구나! 종지 하나라도 차근차근 아랑곳하는 아내가 그것을 잡혔는지 안 잡혔는지 모르는 것을 보면 빈곤이 얼마나 그의 정신을 물어뜯었는지 가히 알겠다."

-17p.-

"'낸들 마누라를 고생시키고 싶어 시키겠소! 비단옷도 해 주고 싶고 좋은 양산도 사 주고 싶어요! 그러길래 온종일 쉬지 않고 공부를 아니 하오! 남 보기에는 편편히 노는 것 같아도 실상은 그렇지 않다오! 본들 모른단 말이오?'
나는 점점 강한 가면을 벗고 약한 진상을 드러내며, 이와 같은 가소로운 변명까지 하였다."

-23p.-

"웬일인지 이번에는 그란 불쾌한 생각이 일어나지 아니하였다. …(중략)… 그것을 미루어 아내의 심사도 알 수가 있다. 부득이한 경우라 하릴없이 정신적 행복에만 만족하려고 애를 쓰지마는 기실 부족한 것이다."

-36p.-

현진건)

「느낀 점」

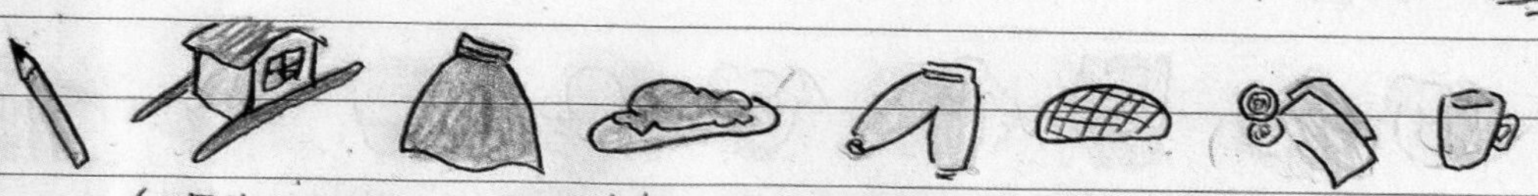

'빈처'는 가난한 작가인 '나'와 예술가의 아내가 되겠다는 꿈을 가진 아내의 이야기를 다룬 책이다. 책 해설을 보니 경제적으로 각박한 세상과 예술가의 꿈 사이에서 갈등하는 '나'의 이야기라고 했는데, 사실 그다지 나에게 감동이 있는 책은 아니었다.

내가 그런 생각을 한 이유는 '나'의 모습이 요즘의 상식으로는 도저히 이해할 수가 없기 때문이다. 먼저, '나'는 하루종일 책만 읽고 아무런 경제적 보탬이 되지 않으면서 가장으로서 대접 받는 것을 당연하게 여긴다. 가정 생계는 오로지 친정에서 빌린 돈과 아내가 집안 살림을 전당포에 맡겨 돈을 받아서 꾸려가며, '나'는 이에 대해 전혀 관심이 없다. 어찌 보면 실질적 가장은 아내인데도 '나'는 손 하나 까딱하지 않은 채 늘 밥상을 받아먹고, 아내는 '나'가 밥상을 물리고 나서야 식사를 한다. 정말 전형적인 가부장적인 가정이다.

내가 제일 화가 나는 부분은 그렇게 희생적인 아내에게 속으론 미안해 한다면서 무시하는 듯한 언행을 하는 것이다. 아니 맨날 밥만 축내는 거 뒷바라지 해줬더니 '저 따위가 예술가의 아내가 되겠냐' 소리 들으면 있던 정도 다 떨어질 것 같다. 아내가 너무 바보같을 정도로 착하고 옛날 얘기라 그렇지 요즘 같았으면 바로 이혼 감이다.

경제적으로 성공이 어렵다는 것을 알고도 작가의 꿈을 포기하지 않는 것은 뭐, 그럴 수 있다 생각한다. 하지만 내 생각에 '나'라는 사람은 아내에게 미안하다 생각만 하지 말고 말은 좀 가려서 하고 더 좋은 남편이 되기 위해 노력해야 할 것 같다.

「사회」

"“내 시력이 약해졌군요. 내가 젊었을 때에도 저기에 쓰인 글씨를 읽을 줄은 몰랐지만 말이오. 그러나 저 벽이 아주 달라진 것처럼 보이는군요. 7계명이 전에 쓰였던 것과 똑같은가요, 벤저민?”

벤저민은 이번만은 자기 규칙을 깨뜨리기로 마음먹었다. 그래서 벽에 쓰인 것을 그녀에게 읽어주었다. 거기에는 단 하나의 계명만이 쓰여 있었다.

「모든 동물은 평등하다.
그러나 몇몇 동물은
다른 동물보다 더욱 평등하다.」"

All animals are
Equal,
But some animals are
More equal

-146p.-

"12명의 분노한 음성이 터져 나왔지만 그 목소리들은 모두 한결 같았다. 그리고 보니 돼지들의 얼굴에 어떤 변화가 일어났는지 의심할 여지가 없었다. 밖에서 지켜보던 동물들의 눈길은 돼지에서 인간으로, 인간에서 돼지로 분주하게 왔다 갔다 했다. 그러나 어떤 것이 어떤 것인지, 사람이 돼지인지 돼지가 사람인지 분간할 수가 없었다"

-153p.-

(조지 오웰)

동물 농장은 농장 주인에 대항하여 '평등'을 외치며 혁명을 이끈 돼지가 막상 권력을 잡으니 농장 동물을 혹사시키고 독재를 하는 모습을 통해 정치 부패를 풍자한 책이다.

내가 가장 인상 깊었던 장면은 혁명을 성공한 직후 돼지 '나폴레옹'이 지도자로 군림하면서 벽에 새긴 7계명 중 하나인 '모든 동물은 평등하다'라는 문장이 나폴레옹이 독재를 시작하고 성실했던 비더를 도살장에 팔아넘긴 후부터 '모든 동물은 평등하다. 그러나 몇몇 동물은 다른 동물보다 더욱 평등하다'로 바뀐 것이다. 평등, 자유를 약속하며 정권을 잡아놓고, 돈도 욕심이 생기니 언제 그랬냐는 듯 슬쩍 공약을 바꾸어 동물들을 농락하는 이중적인 돼지의 모습이 슬프게도 지금의 사회와 크게 다를 것이 없단 생각이 들었기 때문이다. 탐욕스러운 인간을 비판하려 정권을 잡은 돼지가 결국 탐욕스러운 인간과 다를 게 없어졌다는 사실이 씁쓸하고, 그 전 정치인들이나 경재 정치인들을 신랄하게 비판하면서 막상 자신의 모습도 다를 게 없는 요즘 정치인들의 모습이 생각났다.

「청소년」 숨은 길 찾기

"어떤 감정이든지 순도 백 퍼센트인 건 없는 것 같아. 진짜가 삼십 퍼센트라면 나머지는 예의나 노력, 연민, 기타 등등으로 채우는 거지." -37p.-

"영화 속에 나오는 인간들이 특별히 변덕스럽거나 형편없는 게 아니었다. 인간이 원래 그런 존재인 것이다. 인간은 누구나 진흙탕 같은 곳에서 출발해 좀 더 나은 세계로 가기 위해 노력하는 것이다. 영국이란 나라가 인도하고도 바꾸지 않겠다고 할 만큼 대단하고 훌륭한 셰익스피어의 생각이니 맞을 것이다." -195p.-

"둘은 다시 걷기 시작했다. 꽁꽁 언 들판에, 마른 검불뿐인 길섶에 온갖 꽃들이 피어났다. 배우가 계획하고 있는 봄 풍경이기도 했다. 곧 이른 화이트 크리스마스를 알리는 눈송이가 떨어지기 시작했다." -211p.-

이금이)　　　　　　　　　　　　　　　　「느낀 점」

이 책은 '너도 하늘말나리야', '소희의 방'에 이어 미르와 바우, 그리고 소희의 이야기가 끝나는 마지막 편이다. 나는 '너도 하늘말나리야'라는 책을 정말 좋아했었고, 2편인 '소희의 방' 역시 너무 일찍 많은 짐을 지고 갔어야 했기에 모범생인 척, 부잣집 딸인 척 억지로 연기하던 소희가 자기 모습을 드러내고, 좀 편해진 것 같아 좀 안심되었었다. 내가 맨 처음 하늘말나리야를 봤을 때부터 바우, 미르, 소희와 함께 달밭마을에서 함께 자라온 느낌이라 이 시리즈의 주인공들에게 애정이 컸지만, 오히려 그 때문인지 이 책에 대한 아쉬움이 컸다.

물론 소희 위주라 미르와 바우가 어떻게 성장했는지는 거의 나오지 않았던 2편과는 달리 미르, 바우가 그동안 달밭마을에서 어떻게 생활했는지 나온 것은 참 반가웠다. 1편과 다르지 않게 센 척 하면서 애 같던 미르가 어머니의 결혼식에서 평소처럼 생떼를 부리며 화좀 낼 줄 알았는데, 조금 힘겨워 하긴 했어도 꿋꿋하게 이겨내는 모습이 참 대견했다. 바우도, 예전부터 그렇게 자연을 좋아하더니 농고로 진학하게 되어서 참 다행이다 싶었다.

그런데, 이 책을 다 읽고 나니 뭐랄까 "너도 하늘말나리야'의 마지막 이야기 치고는 허무하지 않나'라는 생각이 들었다. 이야기의 끝을 내기 위해 로맨스를 너무 과도하게 집어넣어 정작 중요한 바우와 미르의 이야기는 좀 흐지부지 끝난 것 같았다. 특히 바우가 소희를 짝사랑 하는 부분은 정말 실망이었다. 바우와 소희의 우정은 좀더 깊고 끈끈하리라 생각했는데, 그걸 그저 단순한 짝사랑으로 치부한데다 한번 차이자마자 '그래, 사실 난 재이를 좋아했었어' 하고 바로 아이에게 고백하는 바우라니... 뭔가 내가 알던 아이들의 모습도 전혀 볼 수 없었고, 나에게는 매우 뜻깊은 소설이 그저그런 연애소설로 변한 것 같아 슬펐다. 작가님이 마지막이라는 부담감 없이 그저 차근차근 아이들의 이야기를 풀어내셨다면 연애 이야기 없이도 충분히 기억에 남을 소설이었지 않을까?